Heat the pig liver

the story of a man turned into a pig.

豬肝記得煮熟再吃

(第4次)

逆 井 卓 馬

Author: TAKUMA SAKAI

[插畫] 遠坂あさぎ

illustrator: ASAGI TOHSAKA

Kadokawa Fantastic Novels

Contents

目錄

Heat the pig liver

第一章 最近，潔絲妹咩的樣子有點怪？

所謂的**模仿**，對各種文明而言是不可或缺的行為，例如嬰兒會藉由模仿學會話語。即使是武術和藝術，還有像魔法這樣高深的技術，首先也會被要求模仿前人們建構起來的體系來掌握訣竅吧。凡事都是因為先有模仿，才總算能夠自成一派。

應該模仿的對象雖然五花八門，但容易成為模仿題材的是生物。因為耗費十億單位的歲月被淘汰然後進化至今的生物，身上隱藏著的睿智遠遠超越壽命頂多一百年的我們的淺薄知識。

例如大藍閃蝶儘管不具備藍色色素，卻能藉由超微結構的技巧讓翅膀散發美麗的藍色光輝。只要模仿這種構造，就能創造出散發藍色金屬光澤，宛如魔法般永不褪色的紡織品。

此外，蒼耳這種植物的種子表面分布著彎曲成鉤狀的刺，這些鉤刺會纏在路過附近的野獸毛皮上，藉此讓種子被搬運到遠方，蒼耳縱然自己不動，也能拓展生存範圍。模仿這點被創造出來的就是所謂的魔鬼氈。這項發明讓人們能夠重複將分布著鉤狀細微突起的一面與鋪著會纏繞住鉤刺的纖維面黏貼起來或撕開的動作。

就像這樣，生物進行模仿的行為具備一定的意義。所以我才會向潔絲提議這種練習，絕對不是因為我個人的興趣才拜託她的——雖然我這麼仔細地說明，但潔絲看來完全無法接受的樣子。

「可是，戴上兔子的耳朵和尾巴，打扮成這種露出度高的裝扮，真的能學到什麼嗎……」

飄逸的金髮上戴著黑色長耳朵、只有貼身覆蓋住胸部與下腹部與屁股這些最起碼部位的黑色緊身衣、屁股上附帶圓圓的尾巴、脖子上戴著假領子、手腕套著袖口裝飾。穠纖合度的美麗手臂與秀腿，在暖爐的火焰照耀下閃爍著豔麗的光芒。

我在小屋裡轉圈子，一邊認真地觀察潔絲的裝扮，同時加上括號向她傳達。

（當然了。那雙絲襪是妳首次創造的布料吧。或許還不清楚它的實用性，但嘗試這種新素材也是很重要的事。）

「兔子會穿這種叫做絲襪的東西嗎……？」

這麼說來，兔子不會穿絲襪。真奇怪啊。

美麗的眼眸目不轉睛地注視這邊。

「如果是練習創造**絲襪**的魔法，感覺沒有必要模仿兔子。」

潔絲在小巧的胸前看似不滿地交抱雙臂。

哎呀哎呀。真是的，她完全不明白啊。說到臭豬仔，怎能少了兔女郎呢？

（相信我吧。模仿兔子的技術有朝一日鐵定會派上用場。總之現在先練習就對了。）

雖然潔絲好像感到懷疑，但我並非想讓潔絲做各種角色扮演來獲得樂趣。絕對不是。怎麼可能？我又不是變態。

「果然這種打扮是為了滿足豬先生的期待呢……」

潔絲看透我的內心獨白，解開交抱的雙臂，放鬆了下來。

「既然這樣，您一開始這麼跟我說就好了呀。如果是為了豬先生，我願意做任何打扮喔。」

潔絲惡作劇似的笑了笑，然後踮起腳尖，彷彿芭蕾舞者般咕嚕地轉了一圈。純白到發亮的布料像是要噴出來地出現在潔絲的身體周圍，化成漩渦溫柔地包覆住她。兔女郎服裝溶入那漩渦中消失，朝這邊停下來的潔絲變成了純白的禮服裝扮。雖然豔麗的氛圍沒了，但這副裝扮直截了當地展現出她的可愛。

「您可以大方地稱讚喔。」

（妳真的進步神速呢，不愧是潔絲。）

「我說的不是魔法……是這套服裝。」

潔絲輕輕抓住禮服的裙襬並提起，朝我露出微笑。簡直就像一場小型時裝秀。

（很適合妳呢。）

「謝謝您的讚美！那麼，這種裝扮如何呢？」

潔絲用手撫摸禮服，於是有深藍色絲線從她的指尖彷彿滲出似的蔓延開來，在白色布料上描繪起植物圖案。

（變得有點成熟呢。我也很喜歡這種感覺。）

「豬先生不管我穿什麼都會稱讚我呢。」

潔絲看似開心地害羞起來。

潔絲這陣子迷上了創造衣服的魔法。她最先是從紡紗開始入門，卻以驚人的學習速度立刻學會織布，甚至還到達了隨心所欲地讓布料成形並製成衣服的階段。

潔絲也正值妙齡，肯定是對時尚的興趣激發她這種學習熱情。

我感覺像個教師一樣，眺望著天真無邪，開心地把玩著衣服的潔絲。

（看妳這麼開心實在太好了。畢竟能快樂學習是再好不過的。我試著提議學習創造布料的魔法是正確的。）

「是呀，明明學習創造槍械的魔法時一點都不順利，但試著改學這邊後，突然就進步神速了。其實我起初也有點懷疑豬先生該不會只是想讓我做所謂的角色扮演來獲得樂趣吧。不過……」

潔絲盯著我看，燦爛一笑。

「您確實地看透了我的資質呢。」

（當然了。）

天底下怎麼會有男人企圖欺騙這麼認真又熱心學習的女孩來滿足個人慾望——究竟哪裡會有那種像豬一樣的男人呢？

當然，看潔絲挑戰各種裝扮的模樣確實很快樂。但那應當不是目的才對，這種鍛鍊終歸是為了讓潔絲的魔法更上層樓。設法在沒有獸耳和絲襪這種概念的梅斯特利亞準備那樣的道具吧！

——絕對不是因為這種醜陋的掙扎。

我回想起讓蘿莉戴上拜託刀匠製作的眼鏡仿造品，為此興奮狂喜的變態黑豬。我跟那隻豬不一樣。我能充滿信心地主張我跟他有著天壤之別。

「成功了！」

傳來潔絲的聲音，我看向那邊。只見藍色與水色的植物圖案美麗地裝飾著整件純白禮服。

「怎麼樣呢，會很奇怪嗎？」

（不會。圖案也十分細緻，我認為非常漂亮。感覺很棒。）

「我好開心。」

倘若準備一面鏡子，明明就能自己觀察打扮，潔絲卻沒有那麼做，她總是會要我幫忙確認她的裝扮。向我這個自從升上大學之後就只有穿過休閒褲和格子襯衫，靠千圓快剪理黑髮的四眼田雞瘦皮猴混帳處男徵詢意見。

當然我只說得出再平凡不過的意見，儘管如此，潔絲卻總是看似滿足地露出笑容。

「具體而言，您認為是什麼地方感覺很棒呢？」

聽到她用雀躍的聲音這麼詢問，我答不出話。我真的對衣服一點都不熟。

（……長相吧？）

我開玩笑敷衍過去，於是潔絲緩緩搖了搖頭。

「您不用勉強自己也沒關係喔。我有自覺自己的長相並沒有那麼好看。」

美少女正在說些荒唐話。她還是一樣對自己沒什麼自信。

（妳在說什麼傻話啊？虧妳有一張國寶級的容貌。）

「才沒那回事！只有豬先生會像那樣稱讚我喔。」

我突然有點想要揶揄這麼認真反駁的美少女。

（修拉維斯也這麼說過喔。一國的王子都這麼說了，肯定不會錯吧。）

「咦咦咦，修拉維斯先生他……？」

純粹的潔絲害羞得連耳朵都紅了，不知所措。

（他還說胸部也不會太大，很不錯喔。）

潔絲瞬間露出不悅的表情。

「您騙人。修拉維斯先生不可能說那種話。」

他的確那麼說過就是了……

「會稱讚我的容貌，還有會說我的胸部很棒的，在這個梅斯特利亞裡都只有豬先生一個人而已喔。您不用勉強自己說謊的。」

明明稱讚衣服好看她會很開心，但就算讚美她的長相和胸部，她也不會感到高興。女人心實在相當複雜。

「一點都不複雜。」

潔絲豎起食指，稍微彎下腰看著我。我的內心獨白……

「聽到您稱讚衣服會很開心，是因為覺得您認同了我挑選那件衣服的品味。當然，聽到您讚美我的容貌，說不開心是騙人的。不過……」

（品味嗎……原來如此，好像可以理解，又不是很懂。）

「豬先生也是吧，與其被人說看起來很好吃，被人說很溫柔一定比較開心不是嗎？」

我試著思考。想像潔絲看著我，說我看來很好吃的狀況，還有說我很溫柔的狀況。

（的確……不過，被美少女說看來很好吃的話，倒也挺開心就是了。）

我一邊這麼傳達，同時瞄了一下潔絲。

「我不是美少女，所以不會那麼說喔。」

（這樣啊……）

我沮喪地垂下豬耳朵。於是潔絲一臉慌張似的擺動雙手。

「啊，不，豬先生看來很好吃！讓人忍不住想吃掉！」

嚄嚄！吃我吧吃我吧！

「我不會吃喔……」

潔絲這麼說，有些笨拙地笑了。這下我反倒覺得有些過意不去。

（讓妳陪我講這種像戀愛喜劇一樣的對話，真抱歉啊……）

於是潔絲露出疑惑的表情。

「戀愛喜劇……？」

糟糕，不小心用了專業術語。

（就是指以戀愛為主軸的快樂故事。在我以前待的世界很流行。）

「哦，原來有那種東西呀……以戀愛為主軸的快樂故事……」

潔絲的表情忽然明亮起來。

「真不錯呢，我也想挑戰看看！**戀愛喜劇**！」

潔絲緊緊握住的拳頭在肩膀前雀躍地搖晃著。我說不定是第一次見到想要挑戰戀愛喜劇的女孩。雖然我遇見過的女孩樣本數原本就很少啦。

（可是那個，所謂的戀愛喜劇，沒有戀愛對象就辦不到喔。）

我這番話讓潔絲輕輕噘起嘴唇。

「您還在說這種話嗎？」

我們彼此互相注視了一陣子，然後尷尬地移開視線。

「……啊，不好。已經這麼晚了呢。」

聽到潔絲這麼說，我看向窗外。天色已經完全變暗了。並列在附近的針葉樹尖銳的三角剪影被強烈的冬風吹得彎向同一邊。

——從那些樹的縫隙間可以看見一顆紅色星星。

在北邊天空妖豔閃爍著的北方星（Salvia），別名叫做「祈願星」。

「今晚的祈願星看起來更加美麗呢。」

是察覺到我的視線，還是看了我的內心獨白呢？潔絲也跟我一起眺望著被窗戶框架圍起來的小型夜空。

「有種慢慢靠近了北方的真實感。」

就算我們朝著北邊前進，北方的星星也不可能因此刻意靠近——雖然我這麼指謫過好幾次，但潔絲還是堅持不肯讓步。

——獲得飄浮在北方盡頭的紅色祈願星者，能夠實現任何願望。

據潔絲所言，梅斯特利亞全土流傳著這種古老的傳說。我跟潔絲離開王都，兩人一起踏上尋找那個祈願星的旅程。

……當然，所謂的祈願星肯定是潔絲找的藉口。事態也暫且穩定下來，剛好可以來趟兩人世界的嘿嘿蜜月——雖然並非這麼回事，但我擅自推測這一定是為了增廣見聞的旅行吧。

在王都出生、在王都長大、在南方城市當侍女迎接了十六歲生日的潔絲，那之後也是每天都忙得不可開交，根本沒機會照自己的意思好好逛逛梅斯特利亞。

以北方星為目標，不斷朝北邊前進。

我們持續旅行，目前正通過梅斯特利亞西北部的森林。

今晚會租借蓋在森林裡的小屋來過夜，明天終於要到達叫做「拉哈谷」的觀光景點了。潔絲看來非常期待的樣子，那似乎是她一直想要造訪看看的珍藏景點。

換上睡衣後，潔絲在狹窄的床鋪上蜷縮起身體。雖然靠暖爐溫暖了小屋裡面，但有冷空氣從石頭牆壁飄散過來。我也在暖爐前方趴下。

潔絲翻了個身看向這邊。暖爐的火焰在她清澈的眼眸中閃閃發亮。

（怎麼了？）

潔絲盯著我看了一陣子後，悄悄地閉上雙眼。

「不，沒什麼。」

有時在就寢前，潔絲會彷彿有什麼想法似的，像這樣看著我。

（感覺還睡不著嗎？）

「不，該怎麼說呢……我不想睡。」

（不想睡？）

「對……希望明天趕快到來。當然，也很期待後天跟大後天……一定有很多快樂的事情喔。」

潔絲就那樣閉著雙眼，像在作夢似的說道。

「我每晚都在想希望明天趕快到來……覺得如果夜晚不會降臨，可以馬上變成明天就好了。」

潔絲突然說起這種異想天開的話，因此我就那樣看著潔絲，暫時僵住了。

（不，睡眠時間很重要喔。在這個國家也有「愛睡的孩子長得快」這句話吧。）

「……您看著哪裡在說這些話呢？」

我並沒有在看胸部啊……

「原來您看的是胸部呢。」

她就那樣閉著雙眼，看透了我的視線！

（不，我真的沒在看喔。我並不會要求胸部長得比現在更大，而且因為棉被蓋住，我根本看不見。）

哎呀——潔絲確認她用棉被蓋住的胸前。我將那胸部的尺寸稱之為天使的黃金比例。經過縝密計算的自然科學般的美麗結晶，被甚至讓人感受到神聖氛圍的曲線包裹住的頂級均衡。這絕對不是只要變大就什麼都好。

潔絲放棄似的閉上了嘴，無視我的內心獨白。

「對不起。我知道應該睡覺比較好。」

潔絲在床上翻來覆去，將臉面向天花板。

「好好睡一覺吧。畢竟明天也要走很多路。」

（說得也是，那樣最好。）

我們互道晚安，進入夢鄉。

那種溫暖的感覺與安穩氛圍，當真就像是戀愛喜劇的其中一幕。

中午過後，我們來到一條大河川。略微混濁的水彷彿要削掉被光禿禿的樹木覆蓋住的平緩丘陵般，悠然自得地流動著。在藍天之下，水面非常平穩，木造的小船堆著木桶之類的在河上來往交錯。在對岸略高的山丘斜坡上，灌木彷彿格線般排成一列，可以看見被那些斜坡包圍住的小城市。白色牆壁與黑色三角屋頂的建築物擁擠地並列在一起。

「對面可以看見的應該就是拉哈谷！」

換上毛茸茸上衣的潔絲看似開心地指向那邊。她肩上掛著感覺挺重的皮製包包，完全是要旅行的裝扮。

（附近沒有看到橋呢。）

「從這邊開始要搭船前進吧。」

潔絲發現小型棧橋，她向在棧橋上抽著煙斗的大叔搭話。看來大叔似乎是擺渡人。從皮革外套上也能看出他肌肉發達的上半身。

我們搭上大叔的船，載浮載沉地渡過河川。

「小姑娘居然一個人在這種寒冬出門，還真稀奇啊。沒看過妳這張臉，是旅行者嗎？」

還有一隻豬喔。

當然，船夫大叔聽不到我的內心獨白。我乖乖地坐在潔絲身旁。

「對，我正在展開朝北方前進的旅程。我聽說拉哈谷是個很棒的地方，所以非常期待。」

這樣啊、這樣啊——大叔露出笑容。

「這個時期有很多葡萄酒上市。拉哈是葡萄酒的名產地。妳可以試喝看看。」

「葡萄酒是嗎……」

圍住對岸城市的山丘斜坡跟其他部分不同，看不到大型樹木，只有灌木與樁子規律地並排著。那一整片都是葡萄田。這一帶的船隻上堆積的木桶，也是裝著葡萄酒的木桶吧。

「小姑娘，妳不喝酒嗎？妳今年幾歲？」

「十六歲。」

大叔瞇細雙眼，看了看潔絲被外套毛皮圍住的頸部。他是在確認潔絲是否為耶穌瑪吧。看來他似乎消除了憂慮，又立刻露出笑容。

「那妳可以試喝看看。熱的葡萄酒也很讚。」

大叔操作長槳，讓船隻前進。他發現潔絲很在意剛才受到注視的頸部，露出黃色牙齒，聳了聳肩。

「雖然我不是可疑人物，但妳要多加小心啊。最近治安愈來愈差。像小姑娘這樣的妙齡少女獨自旅行的話，說不定會被盯上。」

「謝謝您的提醒，但不要緊的。因為我不是獨自一人。」

潔絲看向我，露出微笑。

鋪設著石板的對岸逐漸靠近。大叔像是忽然想到似的詢問：

「話說回來，小姑娘，妳決定好住宿的地方了嗎？」

「嗯，我打算到山上的大宅邸過夜。聽說那裡是個很棒的地方。」

大叔點了點頭，他的眉毛有些尷尬似的歪曲起來。

「我是覺得不錯，但最近有個奇怪的傳聞，聽說那間大宅邸周遭有幽靈出沒喔。似乎是女人的幽靈。還有人說值錢的東西會不翼而飛。妳要多加小心啊。」

「幽靈……？」

有著長睫毛的雙眼稍微瞠大了。我很清楚，這並非因為恐懼，而是因為好奇心。潔絲美麗的褐色眼眸被冬天的太陽照得閃閃發亮。

（妳很感興趣啊。）

——對。因為，是幽靈小姐喔！

是顧慮到船夫的視線嗎？潔絲用內心的聲音向身為一隻豬的我搭話。聽到幽靈比起害怕，會更想得知幽靈的真面目——這少女就像好奇心旺盛的鬼怪。

「謝謝您的忠告，我決定到大宅邸過夜！」

她有認真聽我說話嗎？大叔露出這種疑惑的表情。但一到達對岸，他便友善地收下搭船的費用，送我們到拉哈谷。

拉哈谷的街道就如同童話故事般美麗。三四層樓高的建築物像要互相推擠似的櫛比鱗次，格狀木框裝飾著白色外牆。窗戶以花草點綴著，被已經開始落下的陽光照耀得閃閃發亮。街道對面可以看見葡萄田平緩的斜坡。上方有棟尖塔十分引人注目的大型砌石建築物。那就是大宅邸嗎？

「好漂亮的街道呢……我一直想要兩人一起來造訪這裡一次。」

潔絲朝我露出笑容，然後從皮製包包裡拿出紙張，用食指稍微觸摸了一下。這行為我至今也看過好幾次，但不曉得她是在做什麼。

（那張紙是什麼啊？）

即使我這麼詢問——

「祕密。」

也是每次都像這樣被敷衍過去。

潔絲看似很寶貝地收起紙張，「我們走吧。」然後這麼開口邀我。

是因為這幾天沒有下雪嗎？雖然風很冷，但沒有積雪。一方面也是因為街道和葡萄田是朝南邊的緣故吧。被聚集在建築物旁邊的小型雪山受到陽光照射，正緩緩地開始融化。

潔絲興高采烈地踩著輕快的步伐走在石板路上。

「首先到據說有幽靈小姐出沒的大宅邸看看吧！聽說那裡會以平價將房間租借給旅人。」

潔絲在轉頭看向這邊的同時轉了一圈，迫不及待似的加快腳步。

（希望還有空房呢。）

「說得也是呢……啊，這裡是酒莊呢！今晚來這裡或許也不錯。」

路人一臉懷疑地看著情緒高昂地朝一隻豬這麼搭話的潔絲。

（妳得小心別喝過頭啊，畢竟是一個女孩子……）

「不要緊喔。因為有豬先生陪著我呀。」

我覺得過於期待一隻豬也很有問題……不過潔絲曾經有一次被型男灌醉的前科。雖然因為那傢伙是混帳處男才沒事，但那時我被關在房間外面，什麼也辦不到。

這麼說來，那個型男現在——

「約會時不可以分心想其他事情哦。您就是這樣才會是處男先生。」

突然被潔絲這麼痛罵，我不禁做出興奮的反應。

（這是在約會嗎？）

「不然您以為是什麼呢？」

潔絲像在鬧彆扭似的鼓起臉頰。

真奇怪。**沒有女朋友的經歷等於年齡的四眼田雞瘦皮猴混帳處男正在約會**。

而且還被約會對象的美少女痛罵是處男。這種彷彿天堂般的情境真的可以存在嗎？

「您那麼想被叫做處男先生的話，我也可以那麼稱呼您喔。」

可以嗎？？？

（稱呼一隻豬為處男先生的女孩子，不管怎麼想都很奇怪吧。至少叫我哥哥吧。如果是跟變成豬的哥哥在旅行的少女這種設定，應該就沒那麼奇怪才對。）

「有道理……？」

這純粹只是我想被她叫哥哥看看而已，好像有點牽強嗎？

「您的內心獨白從剛才開始就全部洩漏出來嘍……可以喔，哥哥。」

嚄嚄——————！

最近潔絲一直是這種感覺，服務異常周到。不，她從很早以前開始就是個服務精神旺盛的孩子，但現在更是加倍犧牲奉獻。當然，我也不想恃寵而驕，因此我有克制自己，避免說什麼想要嗅遍她全身或是想舔遍她全身這種話。

雖然我只是嘴上不說，內心話還是傳遞給她了……

潔絲的耳朵稍微羞紅了起來。隨後，她像是靈光乍現似的敲了一下手。

「啊！」

（怎麼了？）

她面向這邊，說了句話。

「這是**戀愛喜劇**嗎？」

這句話是以昨晚的對話為前提吧。她怎麼會問這麼奇怪的問題。不過，總比被追究我的內心獨白好吧。

（如果是剛才那段互動，說不定有點像是戀愛喜劇呢。）

「這樣啊，是**戀愛喜劇**嗎……」

潔絲像在細細品味地說道，然後看似開心地笑了。

旅行的時光緩緩流逝。可以只需要在意對話是否有戀愛喜劇氛圍的生活非常和平，感覺相當舒適。

從危險、謀略和戰爭中獲得解放的旅途。

追逐星星朝北方前進這種事，簡直就像童話故事。

拉哈谷位於梅斯特利亞的北部，但沒有看到士兵的身影。

王朝──解放軍聯盟與北部勢力的鬥爭因為封印住暗中活躍的術師而暫且終結，包括這個拉哈谷在內，梅斯特利亞的城市似乎找回了寧靜過頭的平穩。

「似乎是要從那邊的小巷爬上山丘呢。我們走吧！」

潔絲看了看木造導覽牌，用雀躍的聲音指向前方。

偏離鋪設著石板的大馬路，只有鋪設著礫石的細長坡道。以豬的視線來看，坡道兩旁被殘留著枯葉的葡萄藤覆蓋住，視野並不遼闊。儘管如此，但爬上坡道後，逐漸可以從枯葉縫隙間看見小小的街道與緩緩流動的河川。

「葡萄好像已經被採收完畢了呢……」

（他們應該是在秋天採收葡萄，然後讓葡萄發酵來製造葡萄酒。現在這時期應該釀造出感覺不錯的葡萄酒了吧。）

「原來如此，這還真是令人期待。呵呵。」

這孩子真的沒問題嗎……

我們沿著葡萄田中間左彎右拐地爬上山丘，於是可以看見前方有棟大宅邸。與其說是宅邸，更接近城堡。看來很堅固的石牆圍住山丘的頂端，感覺幾乎是個小型城鎮。裡面排列著幾棟石造建築物。位於中央的塔有著漂亮的尖銳屋頂，它就是醞釀出古城感的犯人。

「您看得見嗎？據說就是那裡會出現幽靈小姐呢！」

（妳這麼期待看見幽靈嗎？不是還聽說幽靈好像會偷東西嗎。船夫大叔也說過，妳姑且還是多小心點吧。）

「嗯，沒問題的。因為重要的東西我都隨身攜帶。」

潔絲面帶笑容，將包包重新背好。

「——奇怪？」

我詢問突然停下腳步的潔絲。

（怎麼了？）

「剛才好像看到有人影穿過葡萄田跑向那邊……」

就豬的視角來看，潔絲指的方向被葡萄的枯葉遮住，無法看見。

（那人影長怎樣？）

「穿著白色衣服，好像是金髮女性。」

（她一個人嗎？）

「對……說不定我們馬上就見到幽靈小姐了呢！」

（我覺得應該是普通人啦……）

身為一個不相信幽靈存在者是這麼認為的。但這裡是梅斯特利亞，劍與魔法的國度。不過是幽靈，說不定就算真的存在也不奇怪。

我們沿著道路前進，鑽過看來像是城門的門扉，進入了大宅邸。我們經由被建築物圍住的中庭，到達掛有招牌的大型建築物。一進入裡面，只見那裡是有著明亮的灰色石材與溫暖的提燈火焰，感覺相當時尚的小型客廳。有著茂密褐髮的高瘦中年男性，正對著桌子在書寫著什麼。他穿著一身宛如管家般的黑色夾克裝扮。

「哎呀，歡迎光臨。是旅行者嗎？」

男人站起身，朝潔絲露出微笑。

「對，我聽說可以在這邊租借房間。」

「原來是這樣啊。誠如您所言，這裡也兼作旅館喔。」

潔絲看似很開心地雙手合十。

「我在想不知能否在這間宅邸留宿一晚……請問還有空房間嗎？」

感覺相當和善的男人撫平茂密的頭髮，聳了聳肩。

「當然有，當然有。除了您之外只有一組高齡的夫婦客人，幾乎所有房間都是空著的。畢竟現在這種時勢，生意難做呢。」

「那麼我想租借一個房間，麻煩您了。」

男人的視線在潔絲的周圍稍微迷惘了一下。

「要留宿的只有小姐一位嗎？」

「是的，我一個人。」

潔絲這麼說，朝我微微一笑。男人看向我這邊，露出感覺很不可思議的表情，但我一直假裝自己是一隻普通的豬。只要內在是人類這件事沒有穿幫，就能免費住宿了吧。

「我明白了。那麼機會難得，我替您準備位於最裡面，可以眺望優美景色的特別房間吧。房間裡鋪設著最高級的地毯，因此希望您能先拍掉塵土再進房。」

潔絲慌張地揮了揮手。

「不用的，我就算不住高級房間也沒關係！」

請別客氣——男人這麼說，重新面向潔絲。

「雖然那房間平常會收十倍的住宿費，但今晚恐怕包括您在內，只有兩組客人吧……當然，我會用一般的價格提供服務喔。」

「咦咦咦，真的可以嗎？」

「特別的房間只有兩間，所以會是另一組夫婦隔壁的房間，這樣您也無妨的話。」

「非常謝謝您！」

潔絲支付房間費用，接過鑰匙後，男人用手指示通往裡面的走廊。

「我是這棟宅邸的管理員，名叫迪翁。我帶您到房間吧。」

「哇哇哇，好厲害，這邊也有房間！」

潔絲雀躍的模樣讓人難以想像她之前就住在王宮。她朝我露出笑容。

我們被帶往的房間分成寢室、客廳與書齋三間房，除此之外甚至還附帶浴室。色調穩重的家具替石牆房間增添了寧靜的奢侈感。地板上鋪設著深紅色地毯。

管理員幫忙點燃了暖爐，因此房間慢慢地變溫暖起來。據說靠收納在暖爐裡頭的紅色立斯塔，可以讓火焰一整晚都不會熄滅。會為了客房使用立斯塔，表示他們應該是相當富裕的家庭吧——潔絲這麼推測。

我暫時在暖爐前取暖，然後再次轉頭看了看房間。的確，無論哪件家具都十分講究，感覺價格不菲。從有著高椅背的椅子，到桌腳前端捲起來的桌子，還有不知何故反過來放的立鏡，木製物品都施加著精緻的雕刻。

從客廳與書齋的玻璃窗能夠將拉哈谷的景色一覽無遺。我爬上潔絲幫忙準備的椅子看向外面，只見開始轉變成橘色的夕陽將街上的三角屋頂與河川照耀得閃閃發亮。

「風景美得像幅畫呢！」

潔絲在旁邊發出歡呼聲，同時試圖打開窗戶。但她有些吃力地陷入苦戰。

「奇怪……是窗戶上鎖了嗎？」

（應該是要一邊提起把手一邊打開吧。）

「啊，真的呢。」

窗戶發出喀鏘叩的聲響，朝外面敞開了。潔絲將身體探出窗外。寒冷的冬風吹進室內，同時將潔絲稍微留長了的金髮飄逸地吹動。美少女的香味飄散過來。

「我不是美少女，也不會散發出香味喔……」

看到用鼻子嗅著氣味的我，潔絲有些退避三舍似的說了。

美少女就是美少女，而且美少女的秀髮怎麼可能不會發出香味呢……

潔絲看似害羞地離開了窗戶邊。窗戶被風吹動，砰一聲地關上，把手也因為那股氣勢往下掉。

「風很大呢。」

（景色很好的代價就是在這座山丘上沒有任何會遮擋風的東西嘛。）

「說不定夏天會很涼爽，感覺很舒適呢。」

潔絲一邊說，一邊撲通地讓身體陷入沙發。她只是想確認一下坐起來的感覺嗎？她很快就站起身來，看向我這邊。

「雖然想好好放鬆一下，但機會難得，要不要去參觀一下迪翁先生說的酒窖呢？」

我點頭同意。聽說這棟大宅邸的地下有地窖，用來讓葡萄酒熟成並保存，管理員表示希望我們務必能去參觀看看。

我們關好房門，回到剛才的大廳，只見迪翁還是一樣對著紙張在書寫什麼。是注意到腳步聲嗎？他看向這邊，和善地笑了笑。

「喔，小姐您好。是要去酒窖嗎？」

「對，我想在出門用晚餐前順道參觀看看。」

「歡迎歡迎。喂，阿紐！來幫客人帶路。」

迪翁朝裡面這麼呼喚，於是過了一會兒後，跟迪翁非常相似的苗條少年看似慵懶地走了過來。他穿著白色襯衫與黑色褲子，還披著皮革外套。年紀或許比潔絲小幾歲吧？頭髮是褐色長髮，跟迪翁一樣茂密。

「怎麼，要帶去哪？」

是叫阿紐嗎？從他對迪翁說話的語氣來看，是迪翁的兒子嗎？

「去酒窖喔。你帶客人到酒窖那邊，幫他們開門。」

「是是。」

裝模作樣地嘆了口氣後轉頭看向潔絲這邊的少年，忽然停止了動作。潔絲朝他露出微笑，他便羞紅了耳朵，迅速地移開視線。

喂，別迷上她啊，少年。你是一見鍾情就難以自拔的阿宅嗎？

我故意從豬鼻子發出哼聲，但阿紐的眼中似乎根本沒有我的存在。他靠近潔絲，就那樣將視線朝著別的方向說道：

「要出發了，跟上來吧。」

阿紐裝出冷淡的模樣，很快地邁出步伐。

迪翁一臉慌張地朝潔絲輕輕低頭致歉。

「他是我兒子阿紐。態度這麼糟糕，實在很抱歉啊。我讓他代替前陣子離開這裡的耶穌瑪幫忙宅邸的工作……但他好像不適合做這種事。」

「不會，謝謝您特地向我說明。」

潔絲小跑步地追了上去，以免跟丟阿紐。我也緊跟在後。

「迪翁先生似乎很忙碌呢。他好像在計算葡萄酒的出貨量。」

（原來如此，我還想說他一直在寫什麼，畢竟正值旺季啊。）

我們沿著阿紐消失的樓梯往下走，只見害羞的少年在最底下等候著我們。

那是個天花板相當低、被灰色石材圍住的陰暗空間。

「妳剛才好像在說話，有誰跟妳一起來嗎？」

阿紐沒有跟潔絲對上視線，這麼詢問。

「啊，不，沒什麼……是自言自語。」

潔絲笑著敷衍過去，同時俯視我這邊。阿紐也跟著看向我，但他露出疑惑的表情，繼續往前進。

潔絲說話的對象是隻豬。這個少年也壓根兒沒想到我居然是一隻會思考的豬吧。

不知為何，感覺潔絲的身旁好像有點讓我坐立難安。

咚咚、叩叩——兩人的腳步聲這麼迴盪著。

「妳明明是個女人，卻獨自來這種地方啊。」

阿紐拿著提燈沿著陰暗的通道前進，同時這麼說了。

「嗯，我正在展開前往北方的旅程。」

「妳看起來很年輕，不會有危險嗎？」

他狀似天真無邪地詢問著，似乎不是什麼壞男人。

「別看我這樣，我可是很強的喔。」

（的確，如果是這棟宅邸的規模，感覺憑潔絲一個人就能讓它爆散了啊。）

我這番少年聽不見的牢騷，讓潔絲稍微呵呵笑了。

絲毫不曉得潔絲會使用魔法的少年，似乎對潔絲所說的「強大」很感興趣。

「要安全地旅行有什麼訣竅嗎？」

這少年問的問題還真是奇怪。

「我想想……我認為最好的方法果然還是有可靠的人物陪伴在身旁喔。」

沒人陪妳不是嗎——阿紐露出這種疑惑的表情，轉頭看向潔絲。

「算啦。這裡就是酒窖。參觀完跟我說一聲，我會來鎖門。」

阿紐只說了這些，便從腰上的鑰匙包拿出一大串鑰匙，打開堵住拱門狀石牆的木門。

「附帶水龍頭的木桶的酒可以喝，但記得適可而止喔。妳就算喝過頭我也不會來救妳唷。」

阿紐將提燈交給潔絲後，很快地返回剛才前來的道路。

在通往酒窖的入口上方，用梅斯特利亞的言語寫著像是格言的文字。

「如果只是為了滿足口渴而活，只要有水就行了……」

潔絲唸出聲來。

「是什麼意思呢？」

（可以試著用逆否命題來思考看看吧。）

「逆否……什麼呢？」

（是逆否命題。「若○○，則××」的敘述句，可以換句話說是「若非××，則非○○」喔。假如「若是潔絲，則為平胸」這句話是正確的，「若非平胸，則非潔絲」也是正確的吧。）

「我要生氣嘍？」

潔絲手上拿的提燈火焰猛烈地變大了。

（別燒我……只是舉例啦。）

「啊，抱歉，就是說呢。難得您好意向我解釋……」

剛才那樣完全是我不好，我覺得潔絲用不著道歉就是了……

（回歸正題吧。這句標語的逆否命題會變成怎樣？）

潔絲再一次抬起視線。

「將意思和前後順序反過來思考就行了對吧……如此一來……如果有除了水之外的東西，就不是只為了滿足口渴而活……這裡有葡萄酒。我們並非只為了滿足口渴的存在——這句話是想這麼說嗎？」

她一點就通。

（是那樣沒錯吧。葡萄酒這種文化，可以證明人類是光只有滋潤喉嚨並無法獲得滿足的奢侈生物——應該是這個意思吧。）

「原來如此……那麼，這表示對胸部尺寸說三道四的豬先生，也是光只有胸部並無法獲得滿足的奢侈生物呢。」

不是吧，怎麼會變成那種結論啊？

（進去看看吧。）

潔絲笑咪咪地點頭同意我的提議。

酒窖是石造的地下室，陰暗室內左右兩邊的牆壁上，排列著滿滿的酒桶。濃密的果實香氣與木桶的橡木材香味讓人心曠神怡。潔絲關上門後，將提燈放在地板上，溫柔地揮了揮右手。

好幾顆光球連續從潔絲的手心跳出來，輕飄飄地移動到天花板附近，照亮了整個酒窖。酒窖似乎相當廣闊，前方還有好幾十公尺的樣子。

「有很多葡萄酒呢。如果是一個人來喝，不曉得要花上幾年才喝得完呢……」

潔絲一邊講著相當可怕的話，一邊興致勃勃地邁步前進。

「這一帶的是今年的葡萄酒呢。木桶上寫著一二九年。」

一二九——王曆一二九年。

是一名少女的願望在梅斯特利亞掀起風波的一年。那陣風波伴隨著少女的父親之死平息了⋯⋯

潔絲發現了附帶水龍頭的木桶，發出很開心似的聲音，用魔法變出感覺能裝兩公升液體的玻璃啤酒杯。

（咦⋯⋯妳應該不會打算用那杯子喝酒吧。）

我戰戰兢兢地詢問，於是潔絲用像在惡作劇的眼神看向這邊。

「這是開玩笑的，別當真。」

潔絲的啤酒杯轉眼間就縮小起來，變成較小的的玻璃杯尺寸。

我鬆了口氣，潔絲在我身旁將鮮豔的紅色液體從木桶倒入杯子。

「嗯呵呵呵呵。」

她從開喝前感覺就已經很危險了，真的沒問題嗎？

「感覺暖——呼呼的呢～好像不是冬天一樣～！」

潔絲蹦蹦跳跳地沿著傍晚的葡萄田往下走，無論怎麼看她都不像是沒問題的樣子。雖然風很冷，但潔絲把原本毛茸茸的外套換成了簡便的夾克，底下是昨晚的白色禮服裝扮。是酒醉讓她血管擴張，身體變得溫暖起來了吧。我似乎也被飄散在酒窖的酒精味弄醉了，感覺輕飄飄的，彷彿置身夢境。

「啊——那裡就是我們的房間喔～！」

雖然覺得「——」跟句尾的「～」有些多餘，但就別在意那種細節了。我抬頭仰望潔絲指的方向，只見陡峭的城牆上相當高處的地方，可以看到用綻放著白色花朵的盆栽裝飾的窗戶。應該就是我們留宿的房間沒錯吧。有四扇窗戶相鄰著。我們那間房的客廳與書齋，還有據說是老夫婦留宿的隔壁房的客廳與書齋，加起來總共四扇。

我轉頭一看，不知不覺間潔絲已經先邁出步伐。這個醉鬼。

我追在盡情享用了今年、去年、前年這三種葡萄酒的少女後方，也沿著葡萄田的山丘往下走。以藍色與水色圖案點綴，潔絲十分中意的白色禮服在傍晚鮮明且強烈的紅色照耀下，輕飄飄地美麗舞動著。

大約兩小時後。

在之前看上的酒莊享用了晚餐與更多葡萄酒的潔絲，帶著我興高采烈地爬上回程的山丘。這時天色已經完全變暗，葡萄的枯葉被月光照亮成白色。比那些枯葉更加明亮閃耀的是穿著白色禮服的潔絲。純白的布料雖然在傍晚時染成了彷彿會融入枯葉似的紅色，現在卻宛如吸收了月光般，在黑暗中鮮明地浮現銀白色。

「啊啊啊————！」

破折號大放送的潔絲突然大叫出聲，我吃驚地停下腳步。

（怎麼突然叫這麼大聲？）

潔絲壓低聲音，指著前方。

「那邊！請看那裡。」

可以看到在葡萄田裡頭，有白色的什麼東西朝大宅邸那邊移動。雖然從豬的視角來看還是一樣有許多視野盲點，儘管如此，這次多虧了月亮，可以清楚地看到，白色的什麼東西有著人類的形狀。而且正好是以人類在跑步的速度消失到城牆後方。

「我們追上去吧！」

明明別那麼做就好了，潔絲卻朝著白色的什麼東西那邊快步地跑了起來。

（天色很暗，妳要小心腳邊啊。）

就在我才這麼向她傳達時，潔絲撞上了什麼。

「對不起！」

儘管重心失衡到差點跌倒，潔絲仍勉強重新站穩了。她似乎是跟衝出來的某人撞上了。

「別在這種夜晚奔跑啦。很危險吧。」

那感覺慵懶的聲音十分耳熟。是大宅邸管理員的兒子阿紐。

「對不起，忍不住就……因為我看見了幽靈小姐。」

聽到潔絲這麼解釋，阿紐一邊站起身，一邊露出疑惑的表情。

「妳說幽靈？」

「對，是穿著白色衣服的女性。她跑向那邊了。」

潔絲筆直地指向大宅邸的後方。

「怎麼可能？不可能有那種東西吧。」

對於根本沒確認那邊，就一臉無奈地搖頭否定的阿紐，潔絲突然開口詢問：

「莉德涅絲小姐是指哪位呢？」

陷入一陣尷尬的沉默。我也歪頭感到疑惑。

（潔絲，妳在說什麼啊？）

我看向阿紐，只見他臉色蒼白到彷彿真的看見了幽靈一樣。

「什……妳是耶穌瑪嗎？」

「不是喔。雖然我能聽見內心的聲音。」

潔絲稍微彎下腰，像在試探似的看著阿紐的眼眸。一臉驚訝的少年很快地移開了視線。

「酒會告訴我們任何不真實的事情——這是老爸常講的話。雖然不知道妳在睡迷糊什麼，但為了自己好，勸妳還是別喝太多喔。」

阿紐只留下這番話，便用跑的回到大宅邸那邊了。

潔絲還對幽靈感到掛念嗎？只見她東張西望地環顧周圍。

（……莉德涅絲是指什麼啊？）

「是阿紐先生的腦海中忽然浮現的話語。我覺得應該是人名……」

潔絲是魔法使。她不只能聽見豬的內心話，也能看透人的心聲。

（人名有時也會突然在腦海中浮現吧。）

好想躺在瑟蕾絲妹咩的大腿上。

「姆——」

潔絲看透我的內心獨白，氣呼呼地鼓起臉頰。

「就算見異思遷的豬先生是這樣，我認為阿紐先生也不能相提並論。說不定幽靈小姐的名字就叫做莉德涅絲小姐喔。」

（嗯，說不定的確是那樣啊……）

因為酒醉而朦朧的腦袋實在湧現不出太大的興趣。即使得知幽靈的名字，對我們也沒有任何好處吧。

不過潔絲還是一樣目不轉睛地看著葡萄田。

「跟丟幽靈小姐了呢……可是豬先生的確也看見了對吧？」

（是啊，剛才的確有個穿著白色衣服的某人在呢。雖然不曉得是不是幽靈。）

「她是否還待在附近呢？」

潔絲那股氣勢就彷彿隨時會開始探索整座山丘般，但我搖了搖頭。

（用剛喝了酒的身體在冬天夜晚到處徘徊不太好。妳現在可能感覺很溫暖，但那只是血管正在擴張，掉以輕心的話身體會逐漸變冷喔。難得有機會住到高級的房間，怎麼樣，要不要從上面的窗戶找找看呢？）

潔絲思考一陣子後，點頭同意了。

「這麼說也是呢。我們回房間吧。」

雖然潔絲對任何事都興致勃勃，但她十分通情達理。我們我們爬上山丘，鑽過城門，回到了大宅邸。

入口的大廳處似乎有些吵鬧。

「俺就說這張椅子坐起來最舒適啦！」

「所以說老公，這裡不是房間，是大廳呀。你打算在這裡睡覺嗎？」

「俺就說要在這張椅子上睡啦。為啥還得走路才行啊？」

臉上起了紅斑的白髮老人邋遢地坐在椅子上，打扮得相當漂亮的老婦人在他前面手扠著腰，火冒三丈。老婦人注意到潔絲，輕輕點頭致意。

從狀況來推測，看來這位老婦人似乎是因為喝醉後無法溝通的丈夫不肯回房間，正感到棘手的樣子。

「請問……我能幫上什麼忙嗎？」

潔絲客氣地這麼詢問，但老婦人露出死心的表情，搖了搖頭。

「沒關係的，這是家常便飯。他很快就會變安分的。」

「妳說誰會變安分？俺以前可是有海上之獅子這個外號，勳章也是——」

「是、是，我知道了，老公，既然是獅子，就請你稍微正經點坐著吧。」

照顧丈夫的老婦人催促我們可以先行離開，因此我們離開現場，回到了房間。

一回到房間，潔絲立刻從窗戶確認外面。

（能看見什麼嗎？）

我試著詢問。但潔絲一臉遺憾地退後幾步，讓身體陷入了皮沙發。

「不，看不見幽靈小姐呢……」

（那果然只是普通的路人吧？）

「您說在這種葡萄田的山丘上嗎？客人明明只有我們跟那對夫婦。」

這的確是個謎。

就在我用靠不住的腦袋思考可能的解釋時，潔絲悄悄地對我說道：

「我有點羨慕那對夫婦。」

一看之下，只見潔絲有些鬧彆扭地把玩著禮服。

（潔絲也想喝醉成那樣嗎？）

「不是的！……他們散發出一種一直陪伴在對方身旁，很了解彼此的感覺不是嗎。」

（畢竟是老夫老妻嘛。）

「我覺得那樣真好呢。」

是喝了葡萄酒的緣故嗎？潔絲異常多話。她的手輕輕拍了拍沙發隔壁，因此我走向那邊，蜷縮成一團。

我以為她會撫摸我，但潔絲依舊面向窗戶那邊，不斷把玩著禮服。我不該憶起瑟蕾絲嗎？看來也暫時無法躺她大腿。

冬天的寒風在窗外吹著，薄雲彷彿在滑行似的通過月亮前面。

我茫然地回想起那對老夫婦。我也不是不明白潔絲所說的話。一言以蔽之，那兩人十分相配。兩人在一起這件事非常自然，而且感覺兩人也很清楚這點……真好呢——我同樣不禁這麼心想。我很羨慕那對老夫婦。

陷入一陣漫長的沉默。

「啊——」

潔絲突然發出這樣的聲音。

（怎麼了？）

「糟糕，禮服弄髒了。」

我爬起身一看，只見潔絲那件白色禮服的大腿處沾到泥巴，形成黑色汙漬。難得禮服這麼漂亮，但這汙漬看來很難清除的樣子。

（汙漬能去除嗎？）

「嗯，沒有問題。」

潔絲將手比在汙漬上方。禮服的纖維輕飄飄地解開擴散，然後又一邊進行複雜的動作，一邊恢復成原本的布料。只有形成汙漬的泥土成分被留在半空中。潔絲揮了揮手，泥土便像被風吹散似的消失了。

（魔法還真方便啊……）

就在我們聊著這些時，老夫婦的爭論從走廊上傳來。

「你還想喝酒嗎！當心再也起不來喲。」

「妳講這什麼話啊？不能喝酒的話，不如死了還比較痛快。」

老人沙啞的聲音比剛才穩重了一些。

「別說傻話了，要是死了就連酒也不能喝啦。」

說話聲在有些距離的地方停住，在門扉的開關聲響起後聽不太清楚了。不過與隔壁房間相鄰的書齋那邊，還能隔著牆壁稍微聽到爭論的聲音。兩人似乎都能言善道，儘管語調相當穩重，但兩人脣槍舌劍，爭論不休。

正當我感到滑稽地聽著老夫婦的爭吵時，發現那聲音再次變激動起來。聲音沒多久便大聲到這邊也能清楚聽見，最終有一方用跑的衝到走廊上，離開了現場。

正當我感到茫然時，腳步聲回來了。但並非一人份的腳步聲，有好幾人——恐怕是三人份的腳步聲。可以聽見他們打開抽屜的喀嚓聲響，我跟潔絲互相對望。

看來似乎不是單純的爭吵了。

這麼一來，實在讓人擔心不已。我們來到走廊上。隔壁房間的門一直敞開著，客廳的燈光照射到陰暗的走廊上。

「怎麼了嗎？」

潔絲這麼搭話，於是管理員迪翁從裡面走了出來。

「這麼吵鬧真是抱歉。婦人似乎弄丟了戒指……」

「那是我丈夫在紀念日送我的戒指！雖然紅寶石太招搖，我不怎麼喜歡，但也不能丟在旅途中不帶回家呀！」

阿紐也在房間裡幫忙進行大搜索。老人是在這段短時間內醉意湧上來了嗎？只見他呆滯地坐在椅子上。在溫暖的房間裡，他彷彿隨時會睡著的樣子。

一問之下，據說老夫婦是去這棟大宅邸的酒窖喝葡萄酒，直到剛才。之後老婦人在入口的大廳處哄著喝醉的丈夫。聽說放在房間的戒指就是在這段期間消失不見的。房間的門似乎有牢牢地上鎖。

「明明就放在桌子上，怎麼可能弄丟呢！」

老婦人激動地大吼，迪翁一臉為難似的詢問：

「您記得一清二楚嗎？」

「那當然了。我跟我丈夫不同，沒喝那麼多酒。」

「有沒有可能藏在您隨身攜帶的物品裡……？」

「沒那個可能。畢竟我是將戒指放在攤開的手帕上呀。有可能只留下手帕，帶走戒指嗎？」

「不過，既然您說房門有上鎖，就表示……」

傷腦筋了。照這樣騷動下去，實在吵得讓人靜不下心。

正當我跟潔絲呆站在稍微踏進房間的地方時，老婦人忽然發出「啊」的一聲。

「我還想說風怎麼這麼冷……」

只見窗戶稍微打開了。老婦人匆忙地走到窗邊，砰一聲地關上窗戶。把手喀嚓一聲地往下掉，她將窗戶上鎖了。

「哎呀。」

老婦人似乎注意到什麼，他看向迪翁。

「雖然我有鎖上房門，但窗戶沒有上鎖呢。」

「說不定是那樣，但這外面是懸崖喔。您看，就像這樣……」

迪翁走到老婦人身旁，再次打開窗戶。然後他讓茂密的頭髮隨著夜風飄揚，同時指示著下方。

「……嗯？」

迪翁似乎注意到了什麼。

「怎麼了嗎？」

潔絲也前往那邊。我跟在她的後面。

迪翁似乎對窗外的什麼東西感到在意，但就憑豬的視線無法看見那東西。值得感激的是迪翁伸手將他在看的東西拿進了房間。

那是橫長的盆栽。雖然種植著白色花朵，但是因為不小心傾斜了嗎？有一半泥土撒落出來，花也不見了。

我有種不祥的預感。

然後不祥的預感命中了，迪翁蹙起眉頭看向潔絲。

「外面是懸崖，因此無法從下面爬上來……但可以從隔壁房間沿著窗戶移動呢。」

被偷走的戒指、打開的窗戶、被弄亂的盆栽。間接證據明確地將隔壁房的我們捏造成犯人。而且豬是無法沿著窗戶移動的。

「咦咦咦，請等一下！我沒有偷東西！」

潔絲慌張起來。迪翁也將盆栽放到地板上，露出為難的模樣低頭道歉。

「實在很抱歉，居然懷疑客人……但我只是提出一種可能性……」

不過，假如沒有其他可能性，就等於潔絲會是犯人。

老婦人用懷疑的視線看向潔絲。

「說到底，妳為什麼會獨自來這種地方過夜呢？」

潔絲驚慌失措地看向我。可以感受到所有人一臉疑惑的視線朝向我這邊。不管怎麼看，我都是個格格不入的存在。唯一的旅伴是一隻豬——這點肯定讓潔絲顯得加倍可疑。

我稍微感受到一種像是不知該把豬腳放哪才好、心急如焚的坐立難安感。

——豬先生，怎麼辦呢？

（不要緊，我很清楚潔絲並非犯人。真相一定會有證據。先設法證明妳的清白吧。）

話雖如此，但由豬來作證也很奇怪，而且要是被說我們是共犯，就百口莫辯了。

陷入一陣沉默。潔絲慌張地尋找辯解的話語。

「既然盆栽的土撒出來了——」

這麼開口說道的是阿紐。他依舊面向著下方，用平坦的語調說道：

「何不調查她的衣服看看？如果衣服被泥土弄髒了，就表示是這傢伙偷走了戒指。」

潔絲一臉茫然地站著，老婦人睜大眼睛確認潔絲的白色禮服。但禮服並沒有被泥土弄髒。

「看來沒有汙漬呢。」

這是當然的，因為潔絲剛才用魔法清除掉了。

我看向少年那邊。雖然只有一瞬間，但感覺好像看見他露出驚訝的神色。至於潔絲則是整個人驚慌失措，似乎沒那個餘力去反駁。

「脫掉她的衣服就行了吧！」

一直坐著不動的醉鬼老人突然大聲地這麼說了。

……啥？

「倘若是她偷的，表示戒指現在也在她身上吧；倘若她沒偷，她身上就不會有戒指。只要把她的身體從頭到腳仔細調查清楚就好啦。如果她身上沒有戒指，就放她走吧。」

「咦，怎麼這樣……」

可憐的潔絲害怕地往後退。

居然說要脫她衣服？把身體從頭到腳調查清楚？怎麼可能讓你們做那種事。

可以看潔絲裸體的只有我而已。

血液沸騰起來。無論要做什麼，我都會證明潔絲的清白。我已經猜到犯人是誰了。事情很單純。之後只要按照順序用邏輯推論出真相即可。為此必須……

（潔絲，妳照我傳達的內容發言吧。）

——豬先生……

我不需要手錶型麻醉槍還是領結型變聲器。只要我來代替潔絲推理，潔絲代替我說話就行了。

（聽好了，首先是……）

我簡潔地告訴她該做的事情。

潔絲緊張地嚥下口水，開口說道：

「請稍等一下……我來說明今晚發生的事情。」

潔絲恐怕比預測中更堅定的反駁，讓人們的視線都緊盯著她不放。

在所有相關人物齊聚一堂的房間內，名偵探潔絲慎重地述說起來。

「首先是確認。有件事我想先弄清楚。」

潔絲突然強硬起來的語調讓老人蹙起眉頭。

「什麼啊，小ㄚ頭別講得好像自己很懂……」

潔絲儘管有些畏縮，仍筆直地面向阿紐那邊。

「打開窗戶的是阿紐先生對吧。窗戶並非從一開始就開著的。是剛才在找戒指的時候，阿紐先生打開了窗戶。」

潔絲出人意料的反駁讓空氣凍結住了。

「為什麼？」

阿紐板著一張臉這麼回嘴，他的額頭上浮現緊張的汗水。

「這房間很溫暖對吧。當然是因為有暖爐。但是，假如這對夫婦去喝葡萄酒的期間，窗戶都一直開著，會有什麼結果呢？要是打開窗戶，就會有非常寒冷的風從外面吹進來。房間的溫度理應會下降才對。**然而這房間很溫暖，因此就表示窗戶之前是關上的。**」

是逆否命題。

老婦人回想起來。

「的確如此呢。我記得回到這房間時，感覺很溫暖而鬆了一口氣，對吧，老公。」

「嗯啊。」

老人含糊不清地說道。阿紐的臉色變得蒼白。他的嘴顫抖個不停，不發一語。

潔絲按照我傳達的內容對少年窮追猛打。

「阿紐先生有這房間的鑰匙對吧。他幫忙打開酒窖大門時，我看見他拿出了一把鑰匙串。據說迪翁先生把這棟宅邸交給阿紐先生管理，所以那把鑰匙串應該也包括房間的鑰匙在內吧。不是嗎？」

似乎就跟推測的一樣，迪翁露出驚慌失措的表情看向兒子。

「阿紐，你該不會……」

「但是，阿紐先生並非犯人。」

潔絲這麼斷言。包括阿紐在內的所有人，看來都難以理解這番話的意思。如果老夫婦不在時，窗戶是關著的，握有房間鑰匙的阿紐應當很可疑才對。

不過潔絲按照我擬定的大綱展開推論。

「因為阿紐先生沒有動機。他是這棟大宅邸的繼承人，並沒有缺錢到需要偷竊吧。況且要是因為竊盜讓這棟宅邸的評價一落千丈，結果會傷腦筋的還是阿紐先生。只要握有鑰匙，遭到懷疑的可能性就很高，所以很難想像他會特地挑在自己的宅邸偷竊客人的物品。」

「既然如此，那究竟是誰做的好事呢？」

聽到老婦人這麼問，潔絲用認真的表情說道：

「**是幽靈小姐**。」

在場的人都愣住了。

「這棟宅邸有幽靈小姐賴著不走。是會偷東西來惡作劇的幽靈小姐。阿紐先生今晚是不是不小心被幽靈小姐偷走了那把鑰匙串呢？」

當然不可能是那樣。這完全是個謊言。潔絲看向阿紐，用內心的聲音傳達：

——我知道真相。我會幫忙解決。請您在這邊點頭肯定。

被逼入絕境的阿紐別無選擇。他點了點頭。

「妳說幽靈？那種事教人怎麼相信呀。」

老婦人像是被侮辱了一般，氣得滿臉通紅。在她後方突然響起很大的聲響。在這個彷彿開玩笑的時間點上，桌上的燈自行倒落了。緊接著是入口的門扉嘰一聲地打開了。沒有任何人站在門扉附近。

跟計畫的一樣，老夫婦和迪翁都嚇得臉色蒼白起來。

「阿紐先生，請您老實地坦白。將窗戶開鎖的是阿紐先生對吧。但那並非為了嫁禍給我。是因為您覺得好像在窗戶外面看見了幽靈小姐。」

——請您點頭。

阿紐照潔絲所傳達的點頭同意。一切都按照我的計畫在進行。一邊預測其他人的反應，一邊擾亂現場，掌握主導權來隨心所欲地操縱人。這個手法就跟以前從瑟蕾絲身邊奪走諾特時使用的手法一樣。

管理員迪翁感到混亂似的抱著頭髮茂密的頭。

「居……居然有幽靈……實在難以置信……但實際上的確……」

桌燈自行倒落，沒有任何人碰觸的門扉打開了。當然是潔絲的魔法。這並非幽靈，而是我跟潔絲創造出來的幻影。

「窗戶的鎖是阿紐先生剛才打開的，所以照理說不會是我沿著牆壁闖進這個房間。我的嫌疑已經消除了。請給我一點時間。阿紐先生跟我一定會從幽靈小姐手上搶回戒指給各位看。」

潔絲用充滿自信的態度這麼說道，因此老婦人跟迪翁都不禁點頭同意。

「阿紐先生，我們走吧。有事情想要請您幫忙。」

潔絲拉起阿紐白皙的手，來到走廊上。我也跟在後面。

（妳真會演戲啊。）

我這麼傳達，於是潔絲轉頭看向這邊，眨了眨眼。

我們沿著走廊前進，離開老夫婦的房間。我們帶著阿紐，隨便找了個空房間進入。

（好啦，迅速地說出真相吧。）

房間十分寒冷，只有月光照射，相當陰暗。潔絲讓阿紐坐在沙發上，自己也坐到隔壁。我在地毯上坐下，向潔絲傳達應該說的話。

「偷走戒指的犯人是阿紐先生對吧。畢竟您手上有鑰匙，要進房偷竊輕而易舉。但是，您覺得那樣自己說不定會遭到懷疑對吧。所以才會打開窗戶、弄倒盆栽，設局讓我遭到懷疑。」

為了更準確地說明，潔絲補充說道：

「阿紐先生剛才不得不打開窗戶，說不定是因為風太大，在偷戒指時事先打開的窗戶又再次關上的緣故呢。」

這棟宅邸的窗戶是外開式，要是吹起強風，就會擅自關上。用來代替鎖的窗戶把手也會在窗戶關上時自動掉下，將窗戶上鎖。

然後這麼一來，就會減少一個間接證據。必須設法解釋在老夫婦離開房間時，窗戶是打開的這個謊言。

阿紐沒有做任何反駁。

「我這麼確信是在阿紐先生說我的衣服可能弄髒的時候。雖然您好像隱瞞著心聲，但得知我的衣服並沒有弄髒時，您無法徹底掩飾住驚訝之情呢。這也是理所當然的。因為在葡萄田跟我撞上的時候，**阿紐先生確實用泥土弄髒了我的衣服才對**。」

帶領老夫婦到酒窖後，阿紐用他手上的鑰匙偷走戒指，並在那時打開窗戶，弄倒盆栽，偽裝成像是隔壁房的潔絲偷走了戒指一樣。由於要補強證據，他才會在葡萄田等待潔絲出現嗎？為了多一層保障，反倒讓他自掘墳墓。不過這並非阿紐的失誤，因為他根本沒想到潔絲居然能用魔法在瞬間清除掉泥土吧。

唔——傳來像是哽住的聲音。是阿紐在哭泣。

「對不起……」

阿紐原本企圖嫁禍給潔絲。明明如此，潔絲卻溫柔地將手放在阿紐的肩膀上。少年被淚水弄濕的臉龐看向潔絲。

潔絲用宛如天使般的聲音輕聲說道：

「把偷走的戒指還給那對夫婦吧。我會幫忙讓大事化小。能請您將戒指交給我嗎？」

「……我放在外面。」

阿紐用鼻音這麼說了。

「能請您拿過來嗎？」

「我知道了。」

阿紐面向下方，離開了房間。

陰暗的房間瞬間安靜了起來。

（萬一遭到其他人懷疑時，自己身上帶著戒指就麻煩了。所以他才會藏在外面吧。）

潔絲對這麼推測的我露出笑容。

「豬先生早就看透一切了呢。」

（我沒辦法看透一切。僅限於能看透的事情。）

我像個班長似的試著耍帥，於是潔絲如同字面般鬆了口氣。

「我放心了。」

（嗯？妳有什麼事瞞著我嗎？）

「啊，沒有。只是想說如果您能看透衣服，就傷腦筋了……」

看透唯一一件內褲的是外表看似家畜，智慧卻過於阿宅的……四眼田雞瘦皮猴混帳處男！

（算啦，來確認之後的步驟吧。）

——好的。

潔絲用心電感應這麼回應我，這樣無論阿紐何時回來都不用擔心。

（拿到戒指後，就裝成像是在追趕幽靈般，衝進那個房間。麻煩妳隨便用一些魔法假裝成像是有幽靈在場一樣。就裝成是幽靈撞上了那個喝醉的老人，讓事先用魔法懸浮在天花板附近的戒指掉落到老人的膝蓋上。這時的重點是潔絲要大吵大鬧。讓其他人先把視線緊盯在潔絲身上，避免有人不小心發現了妳用魔法懸浮在天花板附近的戒指。）

這是在魔術中常見的誘導視線的手法。

潔絲深深點了點頭。

過了一陣子後，阿紐露出像是在守靈的表情，回到房間。他顫抖的手將附帶大顆紅寶石的戒指遞給了潔絲。

「不可以搶走別人很珍惜的東西喔。」

潔絲接過戒指，輕輕撫摸阿紐的頭。

事情直到最後都按照計畫順利進行了。雖說是幽靈這種過於離奇的犯人，但幽靈存在的證據就攤在眼前的話，也只能相信了。潔絲宛如除靈師般斷言「這棟宅邸再也不會有幽靈出現了」後，大家看來都鬆了一口氣。

我們成功地把被嫁禍到自己身上的罪狀推卸給幽靈，藉此得以守護了不小心犯下偷竊行為的可憐少年的人生。沒錯，少年有讓人同情的餘地……

我們回到自己的房間。潔絲似乎完全酒醒了。她坐在床上，對在地板上蜷縮成一團的我露出浮現問號的表情。

「那個，豬先生。」

（怎麼了？）

「我還有一件很在意的事。」

這麼說來，有件事我還沒有告訴潔絲。

「就如同豬先生告訴我，然後我向大家所說的一樣，阿紐先生並非缺錢用，他沒有偷竊戒指的動機。為什麼阿紐先生不惜嫁禍他人，也要偷走戒指呢？」

（是為了幽靈。）

我的回答讓潔絲不滿地鼓起臉頰。

「我在跟您說正經事喔。」

（我也是正經八百喔。）

「真的嗎？」

（當然了。潔絲也看見了幽靈不是嗎？）

我們在葡萄田目擊到的幽靈。穿著白色衣服的金髮少女。

（那是叫做莉德涅絲的耶穌瑪。）

「莉德涅絲小姐……啊——」

潔絲試圖追趕幽靈，跟阿紐撞上時的對話。

——妳說幽靈？

——對，是穿著白色衣服的女性。她跑向那邊了。

——怎麼可能，不可能有那種東西吧。

——莉德涅絲小姐是哪位呢？

——什……妳是耶穌瑪嗎？

（提到幽靈的話題時，阿紐想起了叫做莉德涅絲的人。理由很簡單。因為就如同潔絲所言，被說是幽靈的存在，真面目就是莉德涅絲。）

「原來如此……但是，您怎麼知道莉德涅絲小姐是耶穌瑪……」

（我試著思考了可能因故隱匿在這棟宅邸旁邊生活的，會是怎樣的人。這時我想起了管理員說過的話。）

——他是我兒子阿紐。態度這麼糟糕，實在很抱歉啊。我讓他**代替前陣子離開這裡的耶穌瑪**幫忙宅邸的工作……但他好像不適合做這種事。

「莉德涅絲小姐最近迎接了十六歲生日，必須離開這棟宅邸……儘管如此，她還是不願啟程，一直逗留在這附近……是這麼回事嗎？」

（應該就是那樣吧。）

——妳明明是個女人，卻獨自來這種地方啊。

——嗯，我正在展開前往北方的旅程。

——妳看起來很年輕，不會有危險嗎？

——別看我這樣，我可是很強的喔。

——要安全地旅行有什麼訣竅嗎？

前往酒窖途中的對話，這麼一來也有了意義。

（阿紐知道莉德涅絲在這附近逗留的事情吧。說不定他還幫忙藏匿。為了有一天必須啟程的莉德涅絲，需要一筆旅行資金。因為不想被人知道莉德涅絲還沒有啟程，才必須私底下偷偷賺錢。）

「原來是這麼一回事嗎……」

（擺渡的大叔所說的「大宅邸周遭有幽靈出沒，會偷值錢的物品」，換言之就是這麼一回事。潛藏在大宅邸附近的耶穌瑪，與為了那個耶穌瑪偷竊的少年——這兩人的祕密聚焦成像，變成了叫做幽靈的幻影。）

真是讓人揪心的內幕。

「我……根本不曉得是這麼回事，還很期待看見幽靈小姐……」

垂頭喪氣的潔絲雙眼浮現出看似悲傷的色彩。

那是為他人著想的善良少女感到自責的色彩。

（所謂的人類是從腦袋先誕生的生物。會想得知不可思議之事的真相，就跟豬會想看飼主的內褲一樣，是非常理所當然的慾望，那種慾望本身絕對不是什麼錯誤的事。）

潔絲看來無法接受的樣子。我補充說明。

（無論是真相還是內褲，就構造上來說會不小心看見的東西是無可奈何的吧。如果妳認為不應該揭露真相，就把那個祕密悄悄地收在內心的抽屜裡，不就好了嗎？）

潔絲曖昧地搖了搖頭。

「自從豬先生告訴我求知這件事的美好之後，我就變得無論什麼事都想打破沙鍋問到底。我明明也有不想被人知道的事情，卻毫不在乎地冒昧探聽別人的祕密……」

原來她有不想被人知道的事情嗎？

（潔絲，**唯一一個真相並非屬於任何人的東西**。想知道真相並非壞事，而且從能看見的事實推論出真相，也不是壞事。縱然真相是對某人而言不利的事情，或是宛如怪物般可怕的存在也一樣。）

「怪物……」

潔絲緩緩地重複我的話。

（只要有跟那個怪物面對面的覺悟，無論是誰都有追求真相的權利。我反倒覺得不去正視怪物的存在比較危險呢。）

我筆直地看著潔絲好像可以理解又無法接受的表情，向她傳達。

（好奇心是潔絲的武器，用不著感到羞恥，反倒可以引以為傲喔。）

在陷入沉默一陣子後，潔絲柔和地露出微笑。

「謝謝您。」

房間變暗了。在窗簾外面，月亮似乎被雲朵遮蓋住了。橘色火焰在暖爐裡緩緩地搖晃發亮。

「……對不起，難得出門旅行，卻講了這麼陰暗的話題呢。」

（不，我完全不介意。畢竟也沒什麼機會可以聊這種事情吧。）

潔絲忽然像是放鬆下來似的笑了。

「對了！畢竟很幸運地住到好房間，就這樣入睡感覺也有點浪費。來做些好玩的事情吧！」

（好玩的事情……？）

「對，慶祝暫且擊退了怪物。畢竟旅行就是要玩得開心才行。」

潔絲似乎想到什麼好主意，她從床上站起身。

「這房間裡有各種家具。我來變成豬先生指示的裝扮，擺出豬先生指示的姿勢如何呢？」

（妳的服務也太好了吧。）

就好像戀愛喜劇的女主角不是嗎？

「這是為了感謝豬先生幫我洗清冤罪。無論是什麼打扮，我都會穿給您看喔。」

她剛才說無論什麼打扮都會照做……

不行不行。對方可是十六歲的純真少女。這邊必須思考如何在健全的範圍內做出紳士般的請求，與潔絲一起度過快樂的時光。

所謂的健全打扮是什麼樣子呢？例如穿著迷你裙的女警怎麼樣呢？警官是維護治安的職業，因此很健全吧。好想被她逮捕看看。

護士服呢？護理師是協助病人和傷患療養的職業，因此一定很健全不會錯。好想一邊被她說忍耐一下喔一邊被她打針。

巫女裝束應該也很棒吧。那是一份神聖的工作，換言之就是很健全。請她幫忙驅散像豬一樣的煩惱或許也不錯。

或是稍微換個想法，也有婚紗這種選項吧。當然是露肩婚紗。請她擺出等待誓約之吻的表情如何呢？不，不行。沒有對象就無法成立啊。畢竟我是一隻豬，很難從新郎視角去觀賞嗎……

潔絲笑咪咪地耐心等候豬的長時間思考。

（我決定了。）

我這麼傳達，於是潔絲將手貼在胸前。看起來簡直就像已經有覺悟會聽到無比色色的指示。

「原來您打算做出無比色色的指示呢……」

（我怎麼可能那麼做。我什麼時候做出色色的指示了？）

「可是昨晚……」

這麼說來，我好像夢見了兔女郎啊……

（放心吧，不是色色的方向。）

「這樣子呀。」

（如果是潔絲現在的技術，應當不是多難製造的衣服。我這就向妳說明，麻煩聽清楚了。）

我按照順序進行詳細的說明，回答潔絲提出的問題，在反覆試驗後，那件衣服總算完成了。

我留在客廳，只請潔絲移動到書齋換上衣服。姿勢也完美地指定完畢。

「可以嘍。」聽到她這麼說的聲音，我前往書齋。雖然客廳依舊陰暗，但燈具的柔和光芒從書齋流瀉出來。

然後，只見那裡有個女高中生。

黑色及膝裙。白色的長袖女用上衣附帶大片黑色衣領。是水手服。藍色領巾替少女的清純錦上添花。

金髮ＪＫ（註：日本對於女高中生的略稱）輕輕坐在窗邊的椅子上，閱讀著書本。

「您很慢喔，**學長**。」

閱讀喜好跟我很合得來，總是會向我搭話，身為圖書管理員的可愛學妹。她今天放學後也在圖書室的老位置一邊閱讀有些艱深的純文學，一邊等候我的到來。

雖然窗外已經完全是夜晚了……

感覺眼淚好像要噴湧而出。這是國高中都就讀男校的我不曾存在的青春。照理說是已經十九歲的我再也無法挽回的心動瞬間。

我站在書齋入口，在僵住的豬腳上無法做出任何反應。

響起了潔絲呵呵的笑聲。

「您這麼喜歡這副打扮嗎？」

（用滿分一〇〇分來評分的話，這應該有一〇〇〇〇〇〇〇〇分。）

「咦咦咦！我好開心！」

ＪＫ潔絲從椅子上站起身，來到了這邊。長度到膝下的黑襪與室內鞋。是ＪＫ，這裡有ＪＫ。我的眼前有一位美少女ＪＫ。

「ＪＫ……第一次見面時，豬先生好像也在腦海中思考著那樣的事情呢……**學長**很喜歡ＪＫ呢。」

清澈聲音的一字一句毫不留情地砍入我的腦袋。

為何！為何我進了什麼鬼男校就讀啊！

居然不惜捨棄這種青春！我真是……！

不，冷靜一想，就算我進了男女合班的學校，結果大概也是根本沒有女孩子會看我一眼吧……

學妹在我的眼前蹲下，目不轉睛地看向這邊。

「**學長**是充滿魅力的人物。我想應該沒那回事喔。」

（謝謝妳啊……能有這麼溫柔體貼的學妹，學長很開心喔……）

聽到金髮美少女ＪＫ這麼說，好像會不小心信以為真。但事實並非如此。不管怎麼掙扎，我都是個四眼田雞瘦皮猴混帳處男。絕對不可能是這麼美好的ＪＫ會抱持好意——豈止如此，甚至也不可能是會被注意到的存在。

「……豬先生，您沒有其他希望我做的事情嗎？」

潔絲露出看似有些不可思議的表情，窺探著我的雙眼。

唔嗯，有什麼嗎？硬要說的話，感覺有點希望她可以一邊叫我豬，一邊踩在我身上……

「不可以是那種願望。」

潔絲看透我的內心獨白，先一步表示拒絕。真遺憾。

「我實在不忍心踩在豬先生身上……」

我沮喪地垂下豬耳朵，於是潔絲連忙這麼補充。

「啊，那麼，這樣子如何呢！」

潔絲站起身，咳了兩聲清喉嚨。她在胸前雙手合十後……

「我……一直喜歡著**學長**……請讓我變成**學長**的戀人……！」

嚄嚄！我最喜歡專情的學妹角色了！

潔絲接著手扠腰，將臉撇向一旁。只見她臉頰泛紅……

「學……**學長**這種人，我只把你當成比豬還不如的存在喔！」

嚄嚄嚄！傲嬌最棒啦！

不曉得是怎麼做的，潔絲迅速地消除了臉頰的紅暈。她稍微瞠大眼睛，面無表情地看向這邊後……

「噯，**學長**……剛才跟你聊天的女人，那是誰……？」

嚄嚄——！病嬌也很棒！好想一輩子被她束縛！

明明是自己主動扮演的，潔絲卻看似害羞地忸怩扭動雙腳。

「那個……怎麼樣呢，我有變成豬先生想像中的ＪＫ嗎？」

平日的指導奏效了。享用了全套王道屬性而飽餐一頓的我，勉強擠出話語回應。

（有，實在棒透了。）

「太好了！」

是因為正在旅途中，心情很快活嗎？潔絲經常配合我的癖性，做些讓我開心的事。然後我一感到開心，潔絲也會露出非常高興的樣子。

雖然她貼心到感覺有些不自然，但像潔絲這樣的美少女，這種程度是小菜一碟吧。雖然現在剛吃過晚餐。

面對真相這個怪物後，氣氛變得有些冰冷，潔絲幫忙重新溫暖了氛圍。

在癖性博覽會告一段落後，潔絲坐到沙發上，開口詢問：

「……豬先生，這是**戀愛喜劇**嗎？」

看來潔絲似乎很中意戀愛喜劇這個概念。這個問題的答案很明顯。美少女透過角色扮演讓處男感到開心這種事，只能稱之為戀愛喜劇吧。

（應該就是戀愛喜劇吧。我覺得很有那種風味。）

「這樣子嗎……**戀愛喜劇**很好玩呢。」

潔絲一邊看著朦朧的夜空，一邊感觸良深似的說道。

時間也已經邁入深夜。我決定向潔絲提出今天最後一個願望，好好睡一覺。

潔絲躺在床上，我則是躺在地板上就寢。

我拜託潔絲先脫下來的水手服就放在我身旁。

今晚我會籠罩在被脫下來的水手服香味中進入夢鄉。

隔天早上，我們婉拒迪翁希望我們多休息一會兒再走的邀請，決定離開拉哈谷。

潔絲在啟程前找到阿紐，將用麻布裹住的大包袱交給他。

「請打開看看。」

阿紐照潔絲說的打開包袱一看，只見裡面裝著折疊整齊的美麗衣裳。並非只有一套，總共有三套衣裳，每套衣裳都有精緻細膩的刺繡。

「只要賣掉這些衣服，雖然沒有那個戒指那麼值錢，但我想一定能有一筆收入。您需要錢對吧。請務必賣掉這些衣服，讓它們派上用場。」

深感意外的眼神回望著潔絲。

「為什麼妳對我這麼溫柔呢？我之前明明企圖陷害妳……」

「我應該說過喔。別看我這樣，我可是很強的喔。」

彎起手臂並露出笑容的潔絲，看起來的確非常強大。

「那麼，我要出發前往北方了。」

「妳已經要走了嗎？去北方？為什麼……」

「這是祕密。」

潔絲像在惡作劇似的露出笑容，輕輕碰了一下少年的鼻子。沒有處男被她這麼一碰還不會墜入情網的吧。可以看見少年的耳朵羞紅起來。

「再會了。」

我跟潔絲走出大門，沿著葡萄田往下走。爽朗的冬天早晨。葡萄的枯葉沐浴在朝陽下閃耀發亮。

我們又再次以祈願星為目標，朝北方展開旅程。

潔絲表示接著要前往溫泉勝地的話語，讓我的豬心小鹿亂撞。

第二章 就算是豬先生，有愛就沒問題了，對吧

「原來哥哥是個讓妹妹做色色的打扮會感到興奮的變態呢！」

（別說傻話了，哪有男人會對妳那種瘦巴巴的身材起色心啊！因為沒有其他人選，我才拜託妳穿這套衣服給我當參考的啦！）

沒有聽到回應，因此我抬頭仰望。只見妹妹——不對，是潔絲的表情蒙上一層陰影。

「姆…………」

奇怪……？

「瘦巴巴的真是抱歉呢。果然我還是別穿泳裝這種不知羞恥的東西。」

原本起勁到字體尺寸都變大的聲音語調恢復成平常的樣子，反倒該說平常到變得彷彿冰塊一樣冰冷了。看來我似乎惹她生氣了。

（抱歉……但不是這樣吧，這終歸只是兄妹戀愛喜劇遊戲的一環……我只是在扮演**因為不想承認對妹妹起色心的自己，才用違心之論貶低妹妹的身材，試圖敷衍過去的哥哥**而已啊。）

「咦？啊……原來是這麼一回事呢。果然**戀愛喜劇**很複雜，實在有點太高難度，我不是很明白……」

這應當是薄本常見的發展才對……但看來梅斯特利亞的文化水準，似乎還沒到達我們日本文化的高度啊。

（但是，就算是開玩笑，我居然說妳瘦巴巴什麼的，真是抱歉啊。我反覆主張過好幾次，我認為潔絲並沒有到瘦巴巴那種程度喔。反倒應當有許多阿宅會主張那樣的身材是最理想的。）

「是這樣嗎……」

雖然像現在這樣被毛茸茸的外套包住的話，就連是否存在於那裡都有些可疑的潔絲的那個，實際上還挺有分量這點，我已經確認過了。所以我才試著提議泳裝這種在進入公共溫泉時常見的打扮，因為我覺得一定很適合她。

不過，是「以最小限度的面積只把胸部與下腹部覆蓋住的布」這種形容有些不妥嗎？潔絲似乎誤會了泳裝這種概念。

關於我們為何會在玩兄妹戀愛喜劇遊戲這點，希望大家不要太在意。

（但是潔絲，在我以前待的世界，所謂的泳裝在水邊是相當普通的打扮。泳裝本身並非什麼不知羞恥的東西。）

「真的是這樣嗎？」

潔絲一邊沿著被枯草色牧場圍住的街道前進，一邊用懷疑的表情看向我。

我們的目的地是叫做布拉亨的溫泉小鎮。聽說就在沒多遠的前方，預計大概中午就可以到達。美少女、溫泉，換言之就是天堂。

「說不定是豬先生想讓我作暴露的打扮才撒謊。」

（我看起來像是那種傢伙嗎？）

「…………」

真希望她別在這時沉默下來。

（可是泳裝很普通這點是真的。只要去夏天的海水浴場，就很常見喔。）

「聽您這麼一說……也只能相信了呢。畢竟只有去豬先生的世界才能確認真假。」

我試著想像。烈日下的南國沙灘。在遮陽傘底下，我戴著墨鏡躺在沙灘椅上。邊桌上擺著附帶小傘裝飾的鳳梨果汁。泳裝打扮的潔絲與瑟蕾絲在海岸邊玩著沙灘球。潔絲一定穿著比基尼，還有瑟蕾絲一定穿著連身泳裝。四處揮灑的水滴在常夏的太陽照耀下閃爍發亮，潔絲會朝這邊露出「豬先生也一起來玩嘛」的眼神。

雖然變得好像是在委託插圖一樣……但這裡頭究竟有什麼不知羞恥的要素呢？這是製作成掛軸擺在房間裡裝飾也不奇怪的健全風景不是嗎！

不，且慢。

（也就是說，潔絲認為只覆蓋住最小限度面積這點不知羞恥對吧。）

「呃……是那樣沒錯呢。」

（那麼，只要不是最小限度就行了。泳裝當然也有許多種類，其中也有覆蓋住比最小限度更大面積的款式，顏色也相當樸素而且健全。）

叫做學生泳裝就是了。

「原來是這樣呀！如果是那種泳裝，我倒是可以試著穿穿看喔。」

就這樣，我讓金髮美少女答應我用學生泳裝打扮去泡溫泉了。

即使從遠處看，也能一眼看出布拉亨就在那裡，因為有熱氣從整座小鎮朝著籠罩薄雲的寒冷天空裊裊上升。蓋在山邊的金光閃閃巨大聖堂比什麼都引人注目。

我們一抵達小鎮，便聞到有硫化氫的氣味微微地飄散在黑色的石造街道上。一如慣例，路上行人相當少。

「啊，有蛋的味道！是從火山噴出的硫氣呢。」

我們一進入因熱氣而潮濕的石板大街上，潔絲便很開心似的飛奔到噴水池那邊。這邊也是以黑色岩石打造而成，可以看見濃密的熱氣從噴水池的水裡冒出。此處似乎也使用了溫泉。熱水是混濁的白色，是蘊含著源自火山的硫化合物的硫磺泉。從溫泉冒出的硫化氫散發著所謂的臭蛋味——像是煮過頭的水煮蛋氣味。在梅斯特利亞似乎把硫化氫稱為硫氣。

「真厲害呢，熱氣從各種地方冒出來，感覺好溫暖。」

就如同潔絲所說，熱氣的來源不光是這座噴水池。從鎮上隨處可見的附帶雕像的泉水，乃至流過排水溝的排水，任何眼睛能看見的水都是白色的溫泉。從溫泉冒出溫暖的熱氣。也因此明明是冬天，鎮上卻一點都不冷。

「啊！豬先生，那邊！」

我跟在突然跑出去的潔絲後面。潔絲在特別大的泉水前停下腳步。

泉水裡頭有座石像，雕刻著肌肉發達的男人與纖瘦的女人一絲不掛，彷彿要扭歪身體似的互相擁抱並接吻的模樣，是用黑色岩石打造而成，做工粗糙的大型雕像。男人繞到女人背後的手上握著仿照正十字形製成的金項墜，說不定是用真正的黃金重現出來的。乳白色溫泉從兩人腳邊源源不絕地湧出，一邊弄濕黑色的岩石表面，一邊流入泉水裡。

（感覺真色啊。）

我說出坦率的感想，於是潔絲像在惡作劇似的露出微笑。

「這是一對兄妹喔。」

（咦？？？）

潔絲指著石像腳邊以金文字雕刻的梅斯特利亞文。雖然用風格高雅的字體雕刻著，但內容實在跟字體很不相配。

——愛上妹妹是不是一種錯誤呢？

我心想似乎在哪聽過，原來是跟潔絲一起在圖書館找到的色情小說的書名。我記得是兄妹陷入不可告人的關係的故事。既然雕刻著書名，就表示男女石像是小說的登場人物吧。

（為什麼《妹錯》的雕像會在這種地方啊？）

「因為愛上妹妹——不，因為妹錯的舞台就是這個布拉亨。聽說作者的出身地也是布拉亨這裡喔。」

也就是聖地嗎？倘若推出動畫，肯定會有一堆梅斯特利亞的阿宅蜂擁而至。

（原來那部作品有名到會被製成雕像啊。）

「嗯，雖然是早在我出生前就被寫出來的作品，但儘管是深入被視為絕對禁忌的兄妹婚姻的挑戰性內容，仍然作為一部細膩地描寫出戀愛中的年輕人心情與悲哀的作品，被國民廣泛地閱讀。聽說以色情文學而言，創下了史無前例的銷售紀錄喔。」

潔絲說明的語速有點快。

（明明是色色的書卻被廣泛地閱讀，確實很厲害啊。）

「就是說呀。讓人忍不住想一直看下去的發展當然也很精彩，不過主角們複雜的心情非常細膩地被描寫出來，那震撼力讓人難以想像是虛構的故事。可以理解為何會大受歡迎。」

嗯……？

「啊……」

潔絲瞬間滿臉通紅起來。

（潔絲妳該不會看過那部小說……？）

「不……不不不，不是的！那個……呃，要說看過是看過，但我並非因為期待那種描寫，而是對這個故事本身感興趣……在圖書館解謎時不小心被吸引，所以才……」

哦……？

（但妳沒有在我面前看過呢。這表示妳是一個人偷偷看的嗎？）

潔絲移開視線，似乎在尋找辯解的話語。

「……要……要是被豬先生知道，我怕您會誤以為我是個色色的女人……」

潔絲就算色色的我也無所謂啊……

（算啦，因為學術上的興趣而閱讀色情故事，在我的世界也是常有的事情。妳用不著感到害羞喔。）

「學術上的興趣……說得也是呢，就是那個，是學術上的興趣！」

潔絲像在說服自己似的說道，然後很快地接著說下去：

「說到學術上的興趣，為什麼那座雕像不是用常見的白色大理石，而是用堅硬且感覺很難雕刻的黑色岩石打造而成的呢！我很好奇！」

她似乎想轉移話題。被好奇心大小姐這樣逼問，我也不得不思考起來。

（溫泉會是什麼味道呢？）

「味……味道嗎？」

潔絲用位於附近的噴水池熱水弄濕手指，伸出舌頭稍微舔了一下。

「嗯嗯……！」

跟預料的一樣，潔絲露出驚訝的表情。

（很酸對吧。）

「對。豬先生怎麼會知道呢？」

（是很簡單的推測。大理石的主要成分是碳酸鈣──跟貝殼或是鐘乳石一樣。）

「鈣……是跟骨頭類似的東西嗎？」

（人類的骨頭和豬骨是磷酸鈣……不過在這邊可以當作是類似的東西。然後所謂的碳酸鈣或是磷酸鈣，跟強酸性的東西互相接觸的話會溶解。這一帶的溫泉是酸性，會把大理石溶解掉，所以才會使用大理石以外的石材吧。）

「原來如此……這座小鎮看起來的確有很多黑色岩石。」

（因為流著酸性溫泉，只能使用不會溶解的石材。之所以有很多類似的黑色石材，說不定是因為附近有不錯的採掘場。）

「說得也是呢。」

潔絲似乎感到滿意了，我們決定從妹錯之泉前往城鎮的中心，也就是大聖堂。

溫泉小鎮以垂直的筆直道路進行了區劃整理。我們一邊沿著街道前進，潔絲一邊告訴我關於妹錯她所知道的事情。

據說《愛上妹妹是不是一種錯誤呢？》是大約五十年前，由名叫菈卡恩的女性寫出來的故事。我原本以為作者一定是男的，所以大吃一驚。

故事是以花花公子的哥哥與專情的妹妹這兩人為中心編織而成。在脫掉衣服的男女泡熱水洗澡的溫泉小鎮布拉亨，昔日曾飄散著奔放的氛圍。作為當地有權勢者的長男誕生的哥哥，就彷彿見異思遷的豬（這裡的形容應該是潔絲輕微的諷刺吧）跟眾多女性過著花天酒地的生活。故事初期以赤裸裸的文筆描寫著這樣的哥哥逐漸沉溺於女色的模樣，以及純潔的妹妹擔心變了個人的哥哥的樣子。

在妹妹得知哥哥的祕密時，故事迎向轉捩點。哥哥之所以無法克制自己貪戀女色，是因為某個理由。哥哥為了分散無法與心愛的妹妹結合的心情，才會向其他女人尋求愛情。但那種虛偽的愛情果然還是無法長久，以結果來說，哥哥陷入一直不停換女人的處境。偷聽被壞女人灌醉的哥哥所說的話而得知這件事的妹妹，向哥哥坦承自己的心意。妹妹表示她愛慕著哥哥，如果是哥哥的話，她願意接受。

就這樣，兩人開始了祕密的關係。但在狹隘的小鎮上，祕密很難一直是祕密。兄妹的禁忌之愛被親屬和街坊鄰居得知，遭到譴責。兄妹被拆散，墜入深淵，最終甚至被趕出了家裡。兩人為逃離世人目光四處遊走，最後來到據說寄宿著魔法的傳說溫泉，在那裡結為一體，雙雙升天……

（感覺真色呢。）

我坦率的感想讓潔絲不滿地噘起嘴唇。

「因為豬先生說想聽。雖然很難為情，但我還是告訴您嘍。」

（抱歉……謝謝妳啊。）

哼——潔絲將臉撇向一旁。我向她詢問感到在意的事情。

（那個叫菈卡恩的作者還住在這個布拉亨嗎？）

於是潔絲恢復成平常的微笑，面向這邊。

「其實在妹錯問世後，菈卡恩小姐就跟親生哥哥一起從這個小鎮消失無蹤了。因為故事暢銷，菈卡恩小姐的名字也跟著出名，內容又頗具爭議性，因此聽說奇怪的謠言層出不窮呢。」

情況的確很可疑，但把作者跟主角混為一談實在不妥。

（說不定是因為自己寫的色情小說太暢銷了，才會害羞得逃跑啊。）

「說得也是呢……聽說菈卡恩小姐託妹錯的福賺了很多錢，說不定他們其實在某個地方悄悄地過著幸福的生活呢。」

（希望如此。）

潔絲一邊前進，一邊看似開心地述說著。

「我是這麼想的。妹錯之所以暢銷，並非因為有許多人覺得兄妹結婚很吸引人，而是因為有許多人嚮往禁忌之戀吧。」

不，兄妹結婚很吸引人吧？

（禁忌之戀確實很常成為故事的題材呢。）

像是羅密歐與茱麗葉。

「對呀，禁忌之戀感覺會讓人很雀躍呢。」

（我這個處男不是很懂就是了……）

就在我們聊著這些話題時，不知不覺已經抵達大聖堂。一眼就能看出這裡是城鎮的中心。背負著熱氣裊裊上升的小高山，聳立著各種大小尖塔的巨大聖堂就坐鎮在那裡。以黑色和紅色岩石建造而成，感覺相當堅固的牆壁、金光閃閃的屋頂、莊嚴的雕像。純白的熱氣從塔的縫隙間升起，醞釀出異樣的氛圍。

聖堂前有個巨大的圓形廣場，我們就站在那裡。設置在廣場中央的噴水池彷彿間歇泉般噴出熱水。

正面大門是開放的，因此我們決定走進聖堂看看。

「這裡使用很多金呢，多到有點耀眼。」

我們鑽過整扇都是鍍金的門，進入有著圓屋頂的寬敞圓形大廳。除了我們以外沒有其他人在的樣子。牆壁是用各種顏色的磁磚製成的馬賽克鑲嵌畫，天花板是過於奢華的金色。

「這間聖堂據說是布拉亨的領主代代相傳持有的。能夠建造這麼金光閃閃聖堂的領主，是不是很富裕呢？」

（我想應該是那樣。但說不定還有一個理由。）

「是什麼呢？」

（這一帶一年到頭都飄散著熱氣和溫泉的氣體。濕氣和硫化氫會讓許多東西腐蝕。所以才會用金裝飾吧。）

「原來金不會腐蝕呢。」

（是啊，除非做了相當特殊的事情，否則金是不會生鏽或溶解的。）

潔絲似乎對「相當特殊的事情」有點興趣，但要是在這邊講起王水或碘溶液的話題，這樣的阿宅實在噁到爆表了吧。

碰巧就在這時，潔絲的目光被充滿震撼力的雕像吸引住，顧不得這個話題了。

「哇啊，這個！很可怕呢……」

在大廳中央有座閃耀著黑光的雕像。我們靠近一看，只見那雕像描繪著駭人的風景。

取玻璃質的漆黑岩石削出來的形狀是無數屍骨。屍骨在幾名男女打算泡用岩石圍住的溫泉時纏住他們，企圖將他們拖入熱水裡頭。

——熱水是冥界的恩惠。

這邊也跟妹妹錯的兄妹雕像一樣刻劃著金文字。

潔絲看向地板，喃喃自語：

「這裡用很小的文字寫著詩呢。似乎是布拉亨流傳的故事。」

我低頭看向下方。雕像周圍的地板採用同樣材質、閃耀著黑光的石材，上面以金文字刻劃著文章。雖然裝腔作勢的文體很難閱讀，但看來似乎是不祥的警語。

「好像是做了壞事的人會因為溫泉的魔法，被帶到冥界的故事喔。上面寫了好幾個。哦，擅自挖掘溫泉也不行呢……」

殺人者、偷錢者、使用暴力者、騙人者、擾亂風紀者，還有趁領主不注意偷偷泡溫泉享樂者。是各種壞人被溫泉之靈帶到地府的小故事集。

（畢竟溫泉湧現出來的地方又熱又臭，而且熱氣驚人，就像死後的世界一樣啊。即使是平常會賜予恩惠的溫泉，對做了壞事的傢伙也是毫不留情，所以要當個乖孩子喔──應該是這樣的教訓吧。）

「因為是白色混濁的熱水，說不定看不見浴池底部這點，對煽動恐懼也很有用呢。」

潔絲一邊看著從浴池襲擊而來的屍骨們雕像，一邊這麼說了。

（確實是那樣沒錯吧。）

領主試圖用溫泉來提高人民水準的嘗試實在頗有意思。

潔絲暫時眺望著寫在地板上的詩。但她是看入迷了嗎？她最後甚至蹲下來開始閱讀。然後把覺得有趣的部分摘要告訴我。

「不只是兄妹，男性之間的戀愛也被視為禁忌呢……原來如此，這也是禁忌之戀……」

畢竟可以跟我聊得來。我一直隱約感受到潔絲好像有點阿宅的傾向，但壓根兒沒想到她會對那方面感興趣。就在我試圖設法轉移話題時，潔絲停止了動作。

「奇怪……」

（怎麼了？）

我以為她發現了什麼奇怪的記述，但並非那麼回事。潔絲將手心平貼在地板上，然後面向這邊。

「地板很溫暖。」

的確，有熱氣從地板暖呼呼地升起，正緩緩地煮熟我的五花肉。

（說不定是溫泉的管線就設置在地板底下。然後溫暖了這個大廳吧。）

「應該是那樣吧……」

潔絲這麼說道後，疑惑地歪了歪頭。

「可是，夏天會怎麼辦呢？如果大廳在夏天也很溫暖，不會反倒變得很熱嗎？」

的確。

（應該會在某處改變流向，讓熱水在夏天時不會流到這底下的管線裡吧？）

「那麼，也就是說這棟建築物的某處有那種裝置呢！」

潔絲邊說邊站起身。她的意思是要去尋找裝置吧。

（這間聖堂的後山冒出了很多熱氣對吧。溫泉應該是從山上那邊來的吧。既然如此，只要尋找靠近山的那邊，說不定就能發現供應溫泉的管線。）

我們準備從廣闊的大廳移動到位於山邊的會場。但是，用以進入那邊的走廊盡頭，被看來很堅固的鍍金金屬柵欄封鎖起來了。

我們試著從柵欄之間窺探裡面。這邊散發著跟剛才的金光閃閃大廳不同的氛圍。

「感覺好像墳墓。」

潔絲的喃喃自語確實一針見血。

長方形的會場寬敞得不遜於剛才的大廳。光源只有從天花板附近的小窗戶照射進來的自然光，整體而言相當陰暗。在這當中添加森嚴氛圍的是擺放在那裡的詭異美術品。

會場左右兩側的牆邊，並列著整排巨大的木製雕像。那些古老的雕像模擬了各種姿勢的人類站姿。每座雕像前面都擺放著臼形的石造物。

（很奇怪的空間啊。）

潔絲定睛細看。

「木製立像的頭頂上寫有文字。荼沙庫、尤卡斯、布沛……啊，剛才經過的路上的噴水池好像寫著布沛。是這個小鎮的區域名嗎？」

原來如此。

我們更仔細地看了看會場深處，有座大型祭壇，上面也有好幾個彷彿石臼的突起。仔細觀察的話，可以看到無論哪個石臼的側面，都牢牢地嵌著黃色立斯塔。

（記得黃色立斯塔應該會成為光、電或動力的來源對吧？）

「是那樣沒錯呢。不曉得在這裡是用來做什麼呢？」

（應該是把那個立斯塔當作動力，來移動石造裝置吧。這麼一來，管線就可以打開或關閉，視情況控制是否讓溫泉流入鎮上的特地區域之類的。）

我試著將忽然想到的想法傳達出來，但感覺似乎正符合我說的。

（這裡的領主說不定是掌握溫泉的分配權，獲得財富和影響力啊。潔絲剛才看見的詩裡，有個故事是說擅自挖掘溫泉的人被拖進冥界對吧。因為領主想獨占溫泉，才會刻意創作出那種教訓吧？）

用權力獨占自然的恩惠，藉由販售那恩惠來獲得財富。然後那些財富被用來維持權力。這種事並不稀奇。

「在小故事裡面，也有因為是聖堂淨化了溫泉，所以如果有人去泡沒有通過聖堂的溫泉，就會遭到詛咒的記述。說不定是為了獨占溫泉的藉口呢。」

幾乎是一種宗教了。

（不會錯吧。）

「這表示金光閃閃的聖堂也是多虧溫泉帶來的財富嗎……倘若有能控制是否要溫暖地板的技

術，感覺的確也可以自由決定將熱水分配到鎮上的方法。」

（這個會場的某處應該也設有裝置可以切換聖堂本身的地板暖氣吧。之所以用堅固的柵欄隔開，或許是為了避免有人擅自闖入更改溫泉的分配，同時也是為了宣傳「是我們在管理布拉亨的溫泉喔」之類的。）

就在我說著這些話時，潔絲呵呵地笑了起來。

（怎麼了……）

雖然有種跟葡萄酒那時一樣的不祥預感，但結果是我杞人憂天。

「我在想思考這些事真是快樂呢……豬先生一定也很喜歡像這樣逐一消除小疑問吧。」

畢竟我是個會在意細節的處男嘛。

（我的確很喜歡也說不定。）

雖然跟女孩子約會時這麼做的話，一定會被討厭就是了……

「您曾經在約會時被女性討厭過嗎？」

潔絲瞪著我看，我開口解釋。

（不，在原本的世界，我甚至沒有跟女孩子兩人一起出門過。）

「畢竟您是個沒有女友的經歷等於年齡的四眼田雞瘦皮猴混帳處男先生嘛。」

這麼說道的潔絲不知為何看似很高興的樣子。

「那麼豬先生，可以請您再陪我研究一下我有點感興趣的事物嗎？」

（當然可以。）

反正也沒什麼事要做嘛。

「謝謝您。其實是關於妹錯的事情……」

（說來聽聽吧。）

潔絲豎起食指。

「故事主角的兄妹最後到達的**魔法溫泉**實際存在——聽說有這樣的傳聞。」

（妳說那個兄妹結合後升天的溫泉嗎？）

潔絲的臉頰稍微泛紅。

「嗯，對……就是那個。」

（簡單來說，就是妳想尋找那個魔法的溫泉？）

「不行嗎……？」

（怎麼可能不行？只不過，就算實際存在，如果沒有什麼線索，是不可能找出來的吧。）

潔絲的表情明亮了起來。

「線索的話，在妹錯中有提示。」

潔絲停頓了一會兒後，開口說道：

「聽說是會變色的溫泉。」

我試著等了一陣子，但似乎沒有後續。

（線索就只有這樣嗎？）

「……還有，那是用岩石圍住的天然溫泉，似乎是兩人一起進入的話，身體會互相碰觸到的大小──從妹錯中可以看出這些。」

跟在家裡浴室變成色色氛圍的情節一樣啊！我在薄本裡看過！

「薄本？」

（不，沒什麼，別在意我的內心獨白。）

要是我跟潔絲一起在那種小溫泉泡澡……！

唔嗯。雖然試著想像了一下，但就憑少女與豬，好像只會變成有些溫馨的感覺啊。

……那麼，要從這麼少的線索中解開祕密溫泉的位置是可能的嗎？

（那個會變色的魔法溫泉，應該是在這個布拉亨附近沒錯吧？）

「對，應該是那樣。因為妹錯裡寫著在布拉亨的某處。」

（原來如此原來如此。如果是這樣，說不定多少能猜出大概在哪裡。）

「真的嗎！那麼我們一起去尋找魔法的溫泉吧！」

我對雙眼閃閃發亮的潔絲點了點頭，催促她到外面。

我們離開聖堂，在外面繞了一圈，來到聖堂的後山這邊。這裡是剛才那個詭異會場的祭壇後方。周圍沒有建築物，是一片乾枯的草地。

「這裡有什麼嗎？」

（有道路可以通往可能有魔法溫泉的地方。）

潔絲露出疑惑的表情。

「道路嗎？」

（對，道路。）

然後我已經找到道路了。

（潔絲，我們要尋找的是會變色的溫泉對吧。）

「對，是那樣沒錯呢。」

（位於布拉亨鎮上的溫泉是什麼顏色？）

「呃——是白色，像牛奶一樣的白色。」

（而且布拉亨的領主獨占那些白色溫泉，其他人也被禁止擅自挖掘溫泉，鎮上似乎沒有會直接湧現出溫泉的地方對吧。那麼，要說最根本的溫泉是從哪裡來的……）

我將鼻尖朝向山那邊，於是潔絲也看向那裡。

（有熱氣裊裊升起的那座後山很可疑。）

山上那邊似乎有噴出熱騰騰蒸氣的地方。簡直就像噴煙般，冒出特別大團的熱氣。

「說得也是呢。應該是從那邊牽熱水過來的吧。」

（這間聖堂位於布拉亨小鎮的中心部分。從山上來的溫泉都會先通過這間聖堂一次，然後才分配給鎮上。這就是獨占溫泉的機關。換言之，**布拉亨鎮上的溫泉無論哪個都同樣是白色，感覺**

不會是變色溫泉。）

「原來如此！所以要沿著將溫泉運送到這間聖堂的管線，**前往布拉亨的溫泉源頭**呢！為了找出不是白色的溫泉！」

（正是如此。）

不過潔絲露出感覺哪裡怪怪的表情。

「可是豬先生，既然來到這裡的是白色溫泉，源頭的溫泉結果也會是白色的吧……？」

好問題。

（潔絲知道布拉亨的溫泉為什麼是白色嗎？）

「呃……嗯——因為是白色……？」

的確，一般好像不太會去思考顏色的理由。

（話是那麼說沒錯……但會呈現白色，是因為水中漂浮著會散射光線的細小物質。我以前待的國家把這個叫做溫泉之花（註：一般常沿用日文漢字稱為「湯之花」，即溫泉的沉澱物）。）

「溫泉之花……很優美的名字呢。」

我從來沒像那樣想過。這種感受性很有潔絲的風格。

（溫泉之花是原本溶解在溫泉裡的成分因為跑到地上被冷卻，或是跟空氣中的氧——在這邊的世界叫做吸素嗎？總之就是跟那個吸素互相接觸而出現的東西。換言之，在湧現出來的瞬間，照理說很接近透明。源泉搞不好還是變白之前的顏色，而且根據在地下被冷卻的條件，說不定有即使變成人可以浸泡的溫度，熱水也不會變白的湧出口。）

「也就是說那個湧出口有可能就是變色溫泉嗎？」

她一點就通真是幫了大忙。

（對。所以我認為總之可以先以溫泉源頭為目標。）

潔絲點了點頭，東張西望地尋找我發現的「道路」。

「這個圓形的隆起……這會是溫泉的管線嗎？」

地面彷彿土壘一樣隆起的東西從聖堂接續到後山那邊，應該運送著相當大量的源泉吧。雖然因為埋在地下看不見，但從隆起的形狀來推測，說不定是人可以通過的隧道那麼大。

（應該是吧。只要沿著這個圓形隆起的地面前進就行了。）

潔絲的表情燦爛起來。

「那麼，立刻前往看看吧！」

跟潔絲妹咩一起嚄嚄前進來解開魔法溫泉之謎。閑走豬○利開始啦。

從途中開始變成了山路。不過大部分雜草幾乎都枯萎了，所以潔絲看似走得很輕鬆。雖然她背著感覺很重的包包，步伐卻相當輕快。儘管我好幾次表示包包由我來代替她背，但不知裡面是否裝著不想被人看見的色情書刊，潔絲堅持不讓我幫忙。

潔絲碰到擋路的草叢，就會用魔法毫不留情地砍掉，一邊砍飛雜草一邊前進。我心懷感激地沿著她開拓出來的道路前進。

「感覺來到很遠的地方呢。」

聽到潔絲這麼說，我轉過頭看，於是可以從樹叢縫隙間看見那間巨大的聖堂。聖堂已經在相當下面的地方，變成小小一點。

（管線應該有下了什麼工夫。但就算這樣，要是從太遠的地方運送溫泉，熱水應該也會完全冷掉才對。我想源泉應該就在不遠處了。）

潔絲看似很開心地點了點頭。

「我愈來愈期待了。我一直很想跟豬先生進行一次這種探險喔。」

（是嗎？太好了。）

她呵呵笑了笑，然後像是忽然想起來似的從包包裡拿出紙張。是旅途中潔絲經常拿在手上做些什麼，對我保密的紙張。

（妳在看什麼啊？）

我不抱期待地詢問，於是潔絲讓薄薄的嘴唇調皮地露出微笑。

「請您猜猜看。」

（我真的會猜中喔。）

「真的猜中就到時再說。」

潔絲首次允許我追究。我試著思考。

潔絲會在旅途中的某個瞬間忽然拿出紙張。她總是彷彿突然想起似的將紙張拿在手上，用指尖輕戳紙張，然後立刻將紙張折疊起來放入包包裡。

（不是地圖啊。如果是地圖，妳應該會將紙張轉動方向，看來看去才對。）

「說不定不是地圖，但也可能是地圖。」

這是排中律嗎？

（假設不是地圖，也是會在旅途中拿出來的東西吧……）

我觀察潔絲的眼睛。潔絲瞥了我一眼後，將視線拉回到紙張上。她像在尋找什麼似的稍微移動視線後，用手指輕輕碰了一下紙張的左邊。

我回想起沒多久前的事情。就是維絲王妃在前往誓約岩窟的地圖上做標記時的事情。對了，這個動作肯定是用魔法在紙上寫下什麼的動作。她用手指碰觸後很快就折疊起來，所以應該不是像文章一樣複雜的內容。紙張左邊……

（原來如此，是一覽表。妳是在表上做記號，類似確認清單的東西吧。）

潔絲笑咪咪地點了點頭。

「答對了。」

（不過，是什麼清單呢……）

「這是祕密喔。」

實在相當棘手。但聽到是祕密就會忍不住感到在意是我的壞習慣。

有什麼事情會在這種看來沒什麼的地方確認嗎？

上次到達拉哈谷時，她也看了紙張呢。那時候也沒有特別做什麼事……我試著回想潔絲拿出紙張的其他時間點。在草地上圍著篝火時、悠哉地看著流星時、迷路時。唔嗯……並沒有發生什麼特別的事情啊……

我忽然回想起來。抵達拉哈谷時，潔絲應該說過「一直想來一次看看」。這次也說了「一直想進行這種探險」。換言之——

（是想做的事情清單啊。）

我這麼傳達，於是潔絲暫且閉上雙眼，然後燦爛地笑了。

「是的，幾乎答對了。」

幾乎……？

「我想說旅行時如果有這種清單，應該會很開心吧。」

雖然這說法聽來像是潔絲本身也不是很願意，但或許的確是那樣也說不定。

這時，潔絲指著前方發出很開心似的聲音，因此話題就到這邊打住了。

「啊，豬先生！找到熱氣裊裊升起的地方了！」

我看向前方，只見那裡是連一棵枯樹都沒長的窪地。漆黑的岩石表面裸露出來，濃密的熱氣從那裡裊裊升起。

從聖堂接續過來的管線似乎也到了盡頭，在這邊停住了。風一吹起，強烈的火山氣體的氣味便刺向嗅上皮。

「好驚人的氣味……跟底下的溫泉完全不能比呢。」

（這種氣體很毒，別聞太久啊。甚至有人因為這樣死亡喔。）

死亡這個詞彙讓潔絲露出驚訝的神情。

「原來是這樣呀……樹木之所以會枯萎，而且連根雜草都沒長，是因為這種氣體的緣故嗎？」

（沒錯。因為毒氣比空氣還重，記得別去好像會累積很多氣體的地方啊。）

「好的。就算要去，我也會先弄好通風才去。」

潔絲將雙手比向前方，於是有強風從背後那邊吹來。升起的熱氣流向明確地改變了。

（妳也能操控風嗎？）

「我努力學習嘍。」

潔絲稍微舉起似乎很重的包包給我看。看來裡面裝的不是色情書刊，而是用來學習的書本啊。記得潔絲的確每晚都會認真地看書，好像是紅色封面的書。因為她總是放在書桌上看，身為豬的我並不曉得內容就是了。

我們一邊用潔絲的魔法通風，一邊巡視窪地。放眼望去，汲取溫泉的管線也像是挖開磐石製造出來的。不過，照理說不可能有辦法切割並搬運足以從這裡接續到聖堂的岩石。或許是拜提絲大人以前的魔法使的遺產呢──潔絲這麼推測。

我慎重地靠近以免變成涮涮鍋，然後試著看了看熱水的湧出口。

「哇，真的是透明的熱水呢。」

潔絲一邊讓秀髮隨著自己颳起的風飄揚，同時也窺探起熱水。

從岩石縫隙間轟隆隆地湧出的溫泉一邊沸騰冒泡，一邊噴出純白的熱氣。熱水量十分豐富，而且清澈透明。感覺一不小心可能就會變成蒸涮鍋，但潔絲颳起的風不間斷地吹飛蒸氣，趕走熱風而確保了視野。

（好驚人的熱氣啊。可以感受到大地的強勁。）

「是呀……」

我們在窪地四處搜尋了一陣子，但沒看到疑似會變色的魔法溫泉。這也難怪。在這種有灼熱的熱水湧出的地方，不可能有可以洗澡的場所。

（感覺魔法的溫泉應該是在稍微有點距離的地方吧。要是有什麼可以當成線索的東西就好了。）

「就是說呢。」

潔絲專注地巡視周圍。汲取溫泉的管線只有一條。換言之，以這裡為源泉的布拉亨的溫泉，當真都被擁有那間聖堂的領主給獨占。

（奇怪，這個是──）

我以豬的視角觀察時，注意到某件事。

（地面有三角形的岩石。）

潔絲也抱著膝蓋在我身旁蹲下來。

那大小大概可以讓一個人站上去。壓扁成縱向的等腰三角形的平坦表面，在岩石上被刻成浮雕。

「看起來像是在說去這邊呢。」

潔絲這麼說，指著等腰三角形的頂點方向。

（要過去看看嗎？）

「嗯，當然了！」

我們毫不猶豫地邁出步伐。前進一陣子後，又在岩石上看到了等腰三角形。比剛才那個稍微傾向左邊方向。我跟潔絲互相對望點頭。

我們稍微左轉，又朝頂點方向前進。飄散著火山氣體的地表連根雜草都沒長，很輕易就能找到三角形岩石。找到下一顆岩石後，又接著前往那個三角形的頂點方向。感覺好像太簡單了。

最後我們到達了洞窟的入口。黑色的岩石表面開了一個大洞。來到這裡後，火山氣體的氣味已經沒那麼強烈了。

「是洞窟喔！這是否連接著魔法的溫泉呢？」

（進去看看吧。）

我一邊用鼻子嗅著氣味，一邊進入洞窟。這不是自然的洞窟。或許是自然形成的洞窟，但地面相當平坦，天花板也有被削成方便走路的痕跡。道路似乎是慢慢在往下。沒有散發出最近有人走過的氣味。

潔絲讓幾顆光球出現在身體周圍，用白色光芒照亮潮濕的黑色岩石表面。

我們暫時抱著探險的心情默默地前進。

「啊，對面很明亮喔！您看！」

彷彿螢火蟲一樣四處飛舞的光球一聲不響地消失。可以看見有光線照射在前方的地板上。從亮度來推測，應該是外面的光吧。可以看出潔絲的步伐像是迫不及待似的加快起來。

「豬先生！是溫泉喔！溫泉——！」

我追上潔絲後，視野在洞窟盡頭開闊起來。是被粗獷岩石圍住的盡頭。只不過陰暗的洞窟天花板開著圓形的洞。從洞口可以看見白色的陰天，溫泉正好就在洞口的正下方。

那是如果兩個大人要一起泡澡，會變得很尷尬的狹窄岩石溫泉。濃厚的硫化合物氣味伴隨著含蓄的熱氣飄散過來。熱水是從底下沸騰的嗎？水面經常冒著氣泡，大量熱水溢出到周圍。

（就尺寸來說，也跟妹錯的記述一致呢。）

熱水幾乎是透明的，頂多看起來有些白色混濁。是因為在地裡緩緩地被冷卻過嗎？情況跟從剛才的湧出口冒出，供應給布拉亨的溫泉似乎有些不同，並沒有出現太多溫泉之花。不，應該說是還沒有出現比較正確嗎？

雖然好不容易找到了疑似祕密溫泉的東西，但潔絲看來不是很能接受的樣子。

「……可是，顏色沒有變化。」

以前住在溫泉大國日本的我，曾聽說過幾個會變色的溫泉。

（這是當然的。什麼也沒做的話，顏色是不會擅自變化的吧。必須改變條件才行。）

「您說條件嗎？」

潔絲將手貼在下巴，看向我這邊。

（對。我能想到的條件有兩個。一個是改變熱水本身的狀態。另一個是改變看熱水的方法。）

「熱水本身的狀態……我只能想到溫度就是了……」

（這可是從底下一直不斷湧現的溫泉。一般人要改變溫度應該相當困難吧。）

「那麼可以改變什麼呢……」

理科阿宅的心蠢蠢欲動起來。馬上就講出答案實在太可惜了。

（妳認為除了溫度還能改變什麼？提示其實就在到目前為止的對話中。）

「咦咦咦，真的嗎？」

（潔絲應該會知道的。）

「是那樣嗎……嗯——……」

專注思考起來的潔絲實在可愛到有些狡猾。

「我才不可愛……是什麼呢……我思考一下。」

她思考了很長一段時間。是不是差不多該說出答案了呢？

「請等一下！機會難得，我想努力看看！」

潔絲一邊左右來回，同時對我的內心獨白做出反應。是陷入僵局了嗎？她的視線游移不定，然後從開在天花板上的洞口看著陰天——

「啊！是吸素！」

她靈光乍現。沒錯，就是吸素——也就是氧。

「因為跟空氣中的吸素產生反應，透明的溫泉才會出現所謂的溫泉之花對吧！所以要攪拌熱水，讓它接觸到更多空氣吧！」

（正確答案。這個溫泉的熱水是從底下湧現出來。換言之，可以推測它從在地底深處被加熱之後到出現在這裡為止，一次也沒有跟空氣互相接觸過。）

「原來如此。也就是說跟豬先生一樣呢。」

（咦……？）

我跟溫泉有什麼共通點嗎？

「因為豬先生在跟我相遇之前，不曾跟女性約會過對吧？」

潔絲的雙眼調皮地笑著。她說的沒錯。

（嗯，確實如此。也就是說這個溫泉是處男。）

「只要由我來教導這樣的處男先生何謂第一次就行了呢。」

⋯⋯⋯⋯

她怎麼會這樣形容啊？真是的，究竟是像到誰啊？真想看看她的父母長什麼樣子。

我盡全力趕跑浮現在腦海中的全裸中年男人的笑容。

（試著把空氣攪拌進去看看吧。）

「當然了。」

潔絲將右手伸向前方，蹙緊眉頭看著水面。她一擺動手，溫泉就開始被看不見的大手攪拌起來。

原本透明的溫泉慢慢地偏向白色。但白色沒有變得太深，慢慢地轉變成黃色。是彷彿檸檬般的淺黃色。

「好厲害！真的變色了呢！而且是黃色喔！」

（這邊的溫泉在接觸到空氣前就被冷卻過才湧出，所以跟流入布拉亨的那個溫泉產生了稍微不同的反應啊。我想會呈現黃色應該是因為硫磺的化合物。）

潔絲看似一臉期待地面向我這邊。

「豬先生剛才說還有一個方法可以改變顏色對吧。您說要改變看的方法。」

（妳知道是怎麼一回事嗎？）

我又試著拋出謎題給她，於是個性認真的潔絲暫時陷入沉默，思考起來。真是個好學生。

「如果是這邊要採取什麼行動，應該就是改變觀看的角度嗎……」

潔絲一下蹲一下站，或是試著左右擺動身體。

「可是，看不出太大的差別呢……這麼一來……」

（要看東西需要什麼呢？）

我稍微給了一點提示，於是敏銳的潔絲敲了一下手。

「是光！要改變光的照射方式對吧！」

（正是如此。只不過……）

我從天花板的洞看了看天空。太陽被雲遮住了。

（照這個天氣來看，太陽光要直接照射進來這裡好像有點困難啊。）

潔絲笑咪咪地看著我。

「要試試看嗎？」

（……？）

接下來會放晴嗎……？

潔絲靠近溫泉一步，抬頭仰望在洞窟天花板開了個洞的洞口。她稍微做了伸展運動後，將雙手比向太陽那邊。下個瞬間，可以看見巨大的液體塊出現在洞窟外面。細微的氣泡。飄散著一股汽油味。該不會——

這時響起「咚」的一聲，只見水塊朝太陽的方向被射出去了。幾秒鐘後，在上空發生大爆炸。彷彿會讓人看錯成太陽的明亮火焰炸裂開來，遲了一會兒後，宛如大砲的聲響撼動周圍。

靠潔絲一個人的力量，就將雲層開了個洞。直射日光灼燒著眼睛。

我驚訝得合不攏嘴。

潔絲有一瞬間像是想起什麼似的低喃了一聲「啊」，但看到大吃一驚的我，她便露齒笑了笑。

「咦……我又做了什麼嗎？」

（妳這句話絕對是故意說的吧……）

即使是像異世界故事主角的發言，由潔絲來說的話，聽起來就很可愛。

「我才不可愛……」

算啦，就別計較細節了。總之多虧有潔絲的魔法，雲朵消失了，陽光傾瀉在溫泉上。然後那顏色是——

「好藍！」

低頭看向溫泉的潔絲發出驚訝的聲音。

「豬先生，熱水看起來閃耀著藍光！」

跟我期待的一樣。照射到直射日光的水面附近閃耀著宛如蛋白石般的淡藍色光芒。

（只要觀察彩虹就會明白，所謂的太陽光是許多顏色的光芒組合起來而形成的。漂浮在溫泉裡的細微顆粒會散射較多其中的藍光，反射到這裡，所以才會看起來像藍色。就跟天空是藍色的的原理一樣。）

我以前待的世界把這個稱之為瑞利散射。

「哦……跟天空是一樣的構造……」

（熱水也換新了不少啊。再次把空氣攪拌進去的話，會產生剛才的反應，說不定還能看見新的顏色。）

「真的嗎！」

潔絲再次用魔法攪拌熱水。於是怎麼了呢？只見熱水這次看起來閃耀著淺綠色光芒。那顏色就彷彿美麗的淺水湖。

「哇哇哇，好厲害！原來剛才的黃色跟太陽光的藍色混合起來，看起來會像這樣子呢！」

（沒錯。看起來比想像中更漂亮啊。）

看到眼前會變色的溫泉，潔絲的雙眼閃閃發亮。

「也就是說太陽是否有照射進來、是否有人進入溫泉攪拌熱水這些條件的不同，會顯現在顏色的差異上嗎？」

這總結就像模範生一樣完美。

（是啊。這下就解開了變色溫泉之謎。這並非魔法，其實是科學啊。）

潔絲看似很開心地點了點頭。她露出有些陶醉的表情看著閃耀淺綠光芒的溫泉，然後察覺到某件事。

「奇怪，在溫泉底部……」

潔絲彎下身，將臉湊近水面，瞬間咳了起來。是不小心吸入了火山氣體吧。強烈的氣味也進入了我的豬鼻。

（妳還好嗎？）

「嗯，沒事，只是氣味有點……」

潔絲站起身，像在搧風似的擺動著手，於是有新鮮的空氣從天花板的洞口流了進來。

「這麼說來，豬先生說過毒氣容易累積在低處呢。洞窟明明是下坡……對不起，我太大意了。」

（不，我也看溫泉的顏色看入迷了，完全忘了這回事。但這個溫泉很危險呢。要是泡在裡面慢慢放鬆，可能會因為火山氣體中毒死亡。）

「因為要是泡在溫泉裡，臉部位置就會變得比豬先生還低呢。」

（說不定還是別進去泡比較好啊。）

「是呀……」

這麼說來。

（潔絲，妳剛才發現了什麼嗎？）

「是的。我看到溫泉底部好像有什麼東西被太陽光照耀得發亮……」

潔絲就那樣站著俯視溫泉底部，因為右手正忙著通風，她將左手伸向前方。

如果是從豬的視角來看，一開始是死角，但過沒多久，可以看見閃耀著金色光芒的某樣東西從溫泉底部浮上來。潔絲用魔法將那東西拉近到自己胸前，拿在手上觀察起來。

「這是……」

她蹲下來拿給我看。

那是用金製成的正十字項墜。我有印象。就是布拉亨鎮上那座妹錯的兄妹雕像，這個跟哥哥手上握的東西一模一樣。

是看了我的內心獨白嗎？潔絲點了點頭。

「在妹錯的故事裡，妹妹會給哥哥一條十字形項墜。是金項墜。」

似乎有雲朵飄過，遮蓋住了太陽。原本照射進來的光芒瞬間變暗。是因為潔絲停止用魔法通風嗎？火山氣體的刺鼻氣味又再次飄散過來。

原來真相是這麼一回事嗎？

（變色溫泉之謎解開了啊。我們下山回到鎮上，找地方住宿吧。）

潔絲似乎從我的語調感受到危險的氛圍。她悄悄將項墜放在溫泉旁邊，點了點頭。

「好的，就那麼辦吧。」

我們返回來時的道路。潔絲一邊前進，一邊詢問我：

「為何那裡會有十字項墜呢？」

（……妳想知道嗎？）

我想起潔絲在拉哈谷的後悔，為求保險起見，這麼詢問了。

這也是在問她是否有知道真相的覺悟。

揭曉祕密這件事無論何時都伴隨著危險。因為真相說不定有著怪物的模樣。

潔絲煩惱一陣子後，點了點頭。

「如果豬先生已經察覺到了，希望您也能告訴我。或許會留下不好的回憶。但我還是不想一直當個無知的人。我會面對真相。」

（不愧是潔絲啊。真相或許很可怕，但逃避真相不是件好事。妳的選擇很了不起。）

「謝謝您的稱讚。」

我一邊承受著她認真的眼神，一邊慎選用詞向她傳達。

（要思考那裡為何會有項墜，首先必須釐清其他謎題。也就是**那種地方為何會有祕密溫泉？**）

潔絲露出疑惑的表情。

「因為那裡有熱水湧現……不能是這個理由嗎？」

她講了好像登山家會說的話。

（我換個說法。**為何在執著於獨占溫泉的領主底下，那種明顯違法的溫泉會被留下來呢？**而且還細心地指示出前往溫泉的道路。）

潔絲看向腳邊。我們正好通過那個被削成等腰三角形的岩石。

「的確……聖堂地板上有企圖擅自挖掘溫泉的人被拖進冥界的小故事。熱水是冥界的恩惠──那可是沒通過聖堂的溫泉，倘若被發現，領主會置之不理這點說不定很可疑呢。」

（沒錯。很難想像藉由獨占溫泉來支配布拉亨的領主，會容許有人擅自享受在自己管轄外的溫泉。）

風好冷。讓人想念起溫泉的熱氣。

「可能是領主不曉得那個祕密溫泉的存在……？」

我搖頭否定潔絲提示的可能性。

（明明還有三角形岩石幫忙指路？這個源泉的持有者不是別人，正是領主吧。連我們都能抵達的祕密溫泉，領主不可能不知道。）

「說得也是呢。唔嗯……我不是很明白。」

善良的潔絲可能不明白，這世上居然存在著這樣的惡意。

（那麼，試著回想一下那個祕密溫泉的事情吧。去泡那個溫泉的人會有什麼下場？）

「可以享受會變色的溫泉。」

（享受之後就沒了嗎？）

是察覺到我陰暗的表情嗎？潔絲稍微想了一下，然後猛然驚覺似的用手摀住嘴。

「溫泉會一直排放出毒氣。**倘若風停了，比空氣重的毒氣會充斥整個洞窟**。」

（對。會死人喔。企圖避開領主的監視，享受祕密溫泉的人會死亡。）

如果能用魔法通風倒是另當別論啦。

（那個會變色的溫泉，恐怕是領主刻意留下來的。三角形路標搞不好也是領主準備的東西。

他這麼做的理由有一個，**就是為了用毒氣殺害企圖擅自偷竊溫泉的無禮之徒**。）

潔絲似乎也隱約明白了這點為何會跟十字項墜之謎相關。潔絲咬了咬下唇，面向下方。

「那麼妹錯的結局……兄妹結為一體，雙雙升天是指……」

（作者應該早就知道了吧。會變色的魔法溫泉的真面目，是用來埋葬無禮之徒的死亡裝置。

所謂的雙雙升天不是色色的意思，而是指兩人一起在那個溫泉殉情了吧。）

忽然吹起的一陣冬風讓潔絲緊緊縮起身體。

我們暫時陷入了沉默。

「那麼，下落不明的作者小姐與哥哥……」

潔絲沒有接著說下去。讓她說出來也很殘忍。我代替她接著說道：

（就跟故事裡的兄妹一樣吧。他們在那個溫泉殉情了。兩人一起進入溫泉，一起斷氣了。）

不過沒有遺體。為什麼呢？

只要考慮到布拉亨溫泉的性質，就能明白原因。

（**酸性溫泉會耗費一段時間分解遺體，連骨頭都會溶解掉**。衣服和鞋子也因為溢出的溫泉而變得破爛不堪，被沖走了吧。剩下的只有不會被酸侵蝕，也沒有被水沖走的金項墜。）

我們打起精神，進入聖堂附近的溫泉旅館。說是溫泉旅館，倒也並非那種好像會蓋在深山的老舊木造建築。而是用黑色玻璃質的火山岩建造，外觀相當時尚的旅館。似乎也附設公共浴場。

我們歇腳一會兒後，前往公共浴場。那是以黑色為基調建造，天花板很高，感覺十分乾淨的大浴場。似乎是靠立斯塔發光的大型水晶吊燈懸掛在圓屋頂上，將橘色燈光投入有些灰暗的空間。

水晶吊燈底下設有感覺能容納好幾十人的圓形浴池。浴池被乳白色溫泉填滿。通風十分完善，氣體的氣味很淡。是因為時間帶的緣故，還是客人原本就很少呢？沒看到其他客人。因為這裡好像是混浴，能夠包場實在謝天謝地。

「反正也沒有其他人，應該只圍浴巾就可以了吧？」

（不行。要是泡到一半有男人進來該怎麼辦啊？）

關於潔絲在沐浴時的打扮，我一步也沒有退讓。

伏筆必須好好回收才行。

不枉我苦心交涉，潔絲看似無奈地笑著答應了我。她輕輕吐了一口氣，踮起腳尖轉了一圈。

只見潔絲原本穿的衣服像要溶解到空中般滑溜地卸下，然後自動折疊起來，放到平台上。

脫掉衣服後的潔絲並非裸體。而是如同我想像的模樣。是**學生泳裝打扮**。

由細緻的纖維編織而成，具備伸縮性的黑色布料，將潔絲的身體從肩膀覆蓋到下腹部，十分健全。雖說緊貼身體的泳裝可以將身材曲線一覽無遺，但因為有布料覆蓋住，只能說十分健全吧。含蓄的胸部被布料張力壓扁的狀況，也是極為健全的證據。兩腿間由V字布緊貼守護，因此相當健全。不知為何仍然穿著襪子這點，健全分數也相當高。

「怎麼樣呢，是否符合豬先生的期望呢？」

（啊，是啊，我覺得非常健全，應該不錯吧。）

忘了告訴她胸墊的存在真是敗筆。畢竟我國高中都讀男校，又沒有姊妹，所以根本無從得知，但像這樣在眼前看到真人的話，可以明顯得知胸部那邊的布料內側需要類似胸墊的構造。當然，這副打扮相當健全這點依然不變就是了。

「胸墊……？」

潔絲歪頭感到疑惑。她聽不懂嗎……但向她傳達事實也很殘酷呢……既然如此——

一個天才般的靈感閃過我的腦海。

（我徹底忘了一件事，必須有姓名布貼才行啊。）

我用前腳在空中描繪出日文字來告訴她，請潔絲用魔法創造出寫著那些文字的長方形白布。然後貼在胸部那邊，就大功告成。

覆蓋胸部的白色姓名布貼用黑色文字寫著「潔絲」。

這麼一來就很完美。十分健全。可以不用借助神奇的熱氣之力。

（不錯喔，很適合妳。）

我心滿意足地這麼說道，於是潔絲笑咪咪地俯視這邊。

「只有這次特別優惠，請您好好烙印在眼底喔。」

然後她面向後方，拉起屁股那邊的布料往外伸展。她放開手指。響起「啪」一聲的清脆聲響，學生泳裝的布料彈了彈潔絲感覺很柔軟的屁股。

這名少女太強大了……！

這女孩很熟悉什麼行為會戳中男人心。真可怕的女人。雖然打扮很健全。

然後，潔絲脫掉襪子，就那樣以健全的打扮進入浴池泡澡。

「感覺真舒服呢，是很柔軟且舒適的溫泉。」

在潔絲的邀請下，我也戰戰兢兢地走到她身旁泡澡。只要站在水深比較淺的地方，就能露出臉來。淡淡的硫化合物氣味感覺十分舒適，有種身體慢慢溫暖起來的感覺。就跟潔絲說的一樣，水質確實很柔軟——倒不如說，甚至完全感受不到水的抗力。

嗯……？

潔絲突然面向這邊。然後才心想她露出微笑，只見她開始將學生泳裝的肩膀部分往旁邊拉。

（喂喂喂妳在做什麼啊？）

潔絲

看到慌張起來的處男，潔絲調皮地露出牙齒。

「我正在脫衣服。因為熱水很白，就算一絲不掛也看不見喔。」

她明明能用魔法穿脫衣服，為什麼要特地用手脫呢？就在我這麼心想時，潔絲專程來到我的眼前，將手臂從肩膀的部分抽出。少女正在我的眼前脫衣服。我根本沒那個閒情逸致談溫泉的感想。這對處男來說太刺激了。

「我全部脫掉了。」

白色熱水非常勉強地遮蓋住潔絲的胸部。這樣並不健全。

（妳……妳為什麼要脫掉啊。）

「我想說豬先生可能會嚄嚄地感到開心吧。」

嚄嚄！！！！！

（不，妳用不著勉強自己啦……）

「我沒有勉強自己喔。」

潔絲感覺很舒服似的閉上雙眼，用手將熱水潑向肩膀。水面搖晃起來，在能否出版的界線上下來來往往。我悄悄地移開視線。

「請您不要悄悄地移開視線。」

被看透內心獨白了。

潔絲不滿地鼓起臉頰，讓下巴也沉入溫泉裡面。

「如果您不想看，希望您可以清楚地說出來。」

（我並非不想看……但有些東西就算想看也不該看吧。）

「是這樣嗎……？」

潔絲一臉不滿似的看向我。

「是豬先生告訴我，逃避不是件好事的喔。」

（那是在說真相吧。真相跟胸部完全不同吧。）

潔絲噘起嘴唇。

「我會想得知真相，就跟豬先生想看我的內褲是一樣且自然的事情——豬先生應該在拉哈谷這麼說過才對。」

我原本想試著論述胸部與內褲的不同，但總覺得話鋒不太對。

（我說過那種話嗎？）

我決定裝傻。

「您要逃避對自己不利的事情嗎？」

嗯，畢竟人類的腦袋就是那樣的構造啊。雖然我是隻豬。

（不，沒有貫徹主張不是件好事啊。我是基於倘若是女孩子無論是誰都討厭被這種豬盯著胸部看吧的合理顧慮才移開視線的。）

潔絲不滿到已經是氣呼呼地鼓起臉頰了。

「我並不討厭。如果對象是豬先生，無論被看到身體的哪個部分我都無所謂。」
這點我倒是希望她有所謂啊……
潔絲來到我的眼前。清澈的褐色眼眸注視著我。
「請您更仔細地看著我。請不要移開視線。」
潔絲很少會這麼強烈地向我提出請求。
（我盡力。）
我被那股氣勢壓倒，這麼向她傳達。
剛脫下來的學生泳裝輕飄飄地浮在乳白色的水面上。

「咦咦咦～我還不想睡～我們來聊天嘛～」
我在小小的寢室裡與潔絲兩人獨處。我在地板上蜷縮成一團，一邊感受到暖呼呼的腦袋萌生舒適的睡意，同時聽著潔絲這麼耍任性。
潔絲躺在床上，將棉被當成抱枕一樣抱住，彷彿毛蟲般蠕動著身體。她睡衣的下襬亂飛，我發現她曲線圓滑的細腰裸露出來。我悄悄地移開視線。
「啊！豬先生，您又移開視線了呢。」
毛蟲咕嚕地翻了個身，將臉面向這邊。

「您一開始明明一直都看著我的……」

（已經很晚了。差不多該睡嘍。明天不是要早起嗎？）

「還轉移話題……」

豬的廣闊視野捕捉到她似乎很不滿的雙眼看向這邊。

我們暫時陷入沉默。潔絲的眼睛看來很愛睏，我也很想睡。再過個十分鐘，我們兩人都會進入夢鄉吧。溫泉實在太有效了。

可以聽見潔絲像在喃喃自語的聲音。

「我喜歡不會逃避的豬先生。無論是面對真相、面對現實，還是面對命運。」

光源只有掛在牆上的燈。潔絲的眼睛反射著光芒，閃耀著亮光。

我找不到可以回應的話。

「當然，我並非打算說您現在不是這樣。但……」

她說得沒錯，我不是那種會逃避的男人。當然，像太陽一樣過於耀眼的存在就另當別論……

縱然我什麼也沒有傳達，潔絲仍然像獨白似的接著說下去。

「豬先生是有朝一日一定會推論出真相的人。」

她的語調聽起來也有些憂鬱。

「即使有什麼重大的祕密被揭露，會面臨宛如怪物般的真相，豬先生也是個不會移開視線、不會逃避的人……我想要這麼認為。」

這時她看向我的眼神，感覺像是在求助般。

重大的祕密——她是指什麼呢？是具體的事情嗎？雖然毫無頭緒，但我點了點頭。

（妳可以這麼認為沒關係。我不會逃避真相的。）

「真的嗎？」

（真的。）

儘管如此，潔絲看似還是在畏懼著什麼的樣子。

「……那麼，假如我其實是個很壞的女孩，您會怎麼做？如果我是個非常色的女孩，您會怎麼做？就算這樣，豬先生還是不會逃走，願意陪伴在我身旁嗎？」

（妳很色嗎？）

「我不知道。我想應該跟一般人一樣。」

我不曉得在這個梅斯特利亞，一般人的標準是怎樣呢……

剛洗完澡感覺實在很舒服，一不小心好像就隨時會陷入夢鄉。

不過，我必須回答她的問題才行吧。

（……我不會逃走的。無論妳有怎樣的一面，潔絲就是潔絲，對我而言是最重要的人。）

是不是耍帥過頭了啊？

潔絲撲通一聲地將臉埋到枕頭裡。

「您不可以從最重要的人身旁消失不見喔。」

傳來潔絲有些含糊的聲音。

那聲音實在太軟弱無助，我找不到話語回應她。

「……對不起，我說了奇怪的話呢。」

（不會……）

潔絲翻了個身，看向天花板。

「明天要在日出時從這裡出發。今晚就好好睡上一覺，讓身體休息吧。」

（託溫泉的福，感覺能睡得很香呢。）

「說得……也是呢……」

潔絲似乎還沒說夠，但還是能從聲色清楚地察覺到她已經遭到睡魔侵襲。我也很想睡。

我們就在也不曉得是何時說了晚安的狀態下進入夢鄉。

第三章 不起眼處男（Hero）培育法

噠噠作響的馬蹄聲、撞到石頭而跳起的車輪、嘎吱作響的車軸、搖晃的地板。

載著我們兩人的馬車朝著北方高速狂奔。

「不好意思！請問妖精沼澤是在這一帶嗎？」

潔絲打開前方的窗戶，這麼呼喚馬車夫。

「妖精沼澤？啊，的確是在這一帶哩。」

馬車夫沙啞的聲音混在風聲中傳來。

「是否能請您改變目的地呢？」

「改去妖精沼澤嗎？」

雖然馬車夫依舊面向前方，但從聲音的語調可以聽出他正感到懷疑。

「妳本來不是要去阿爾堤平原嗎？當然要去妖精沼澤也行啦，但那裡真的啥米都沒有哩。」

「沒關係。麻煩您帶我到妖精沼澤。」

「好喔！」

潔絲再三道謝後，關上了窗戶。她的視線看向對面，也就是馬車後方的窗戶。她看來似乎有

些不安，褐色眼眸東張西望地移動。從豬的視角來看，不曉得潔絲正在看什麼。

（怎麼了，妳好像很在意後面啊。有什麼過來了嗎？）

潔絲露出猛然驚覺的模樣，俯視在地板上的我。

「不，沒什麼喔。」

潔絲說這種話的時候，大多不是沒什麼。

「對不起，那個……我不要緊的，請您別在意。」

潔絲的手在膝蓋上緊緊握住，裙襬稍微往上掀起。我轉過頭看，於是跟我猜想的一樣，美好的景色在那裡擴展開來。馬車相當狹窄，我只能在潔絲的腳邊蜷縮成一團，於是映入眼簾的是潔絲穠纖合度的健康美腿，白色長襪將那雙美腿覆蓋到膝上。所有男人都嚮往的絕對領域充滿彈性地坐鎮在那深處，從左右兩邊守護著可以略微窺見的祕密花園。

「……我想去探訪看看祕密花園。」

聽到潔絲這麼說，我將視線從純白的內褲上移開。

（妳說什麼？）

「就是叫妖精沼澤的地方。雖然它位於很少有人靠近的地方……但聽說每年一到春天，就會有美麗的白色花朵盛開喔。」

（現在還是冬天耶……）

「這個時期應該也有一番樂趣才對。」

潔絲沒有詳細說明，只是露出微笑。

是道路愈來愈崎嶇了嗎？馬車搖晃得更加厲害。我決定在旁守護潔絲輕飄飄飛舞的裙子。

我必須多加注意，以免有心懷不軌的人偷看內褲。

馬車在空無一物的森林裡停下了。我們來到外面。因為是在落葉闊葉林裡，無論哪棵樹都已經落葉，森林地表明亮且開闊。在白色的陰天底下，寒風吹過樹木之間。

「只要沿著這條小路筆直往前走，就是妖精沼澤哩。」

有著淺褐膚色、感覺挺和善的馬車夫大叔就那樣坐在座位上，用滿是皺紋的手收下潔絲付的車錢。

「真的在這裡下車就好哩？」

「嗯，不要緊的。」

大叔一臉疑惑地挑起留長到能遮蓋住眼睛的眉毛。

「雖然車子很狹窄啦……小姑娘，妳剛才好像在車裡跟誰講話呢？」

潔絲嚇了一跳並看向我。大叔探出身體，將臉面向我這邊。

「那個，不，我沒跟誰……」

雖然被否定感覺有點悲傷，但也不能只為了顧慮我的心情，就強迫潔絲去解釋為何一隻豬可以理解人話。

儘管露出無法接受的表情，大叔仍恢復原本的姿勢。這也難怪。美少女的旅伴居然是一隻豬，無論由誰來看都很奇怪吧。這組合實在太不相配了。

我又感受到那種不知該把豬腳擺哪裡才好，有些微妙的如坐針氈感了。

「妳要多小心啊。最近常聽說很危險的消息呢，妳一個姑娘家不知何時會被盯上哩。再會啦。」

大叔啪一聲地抽響鞭子，馬車離我們遠去。潔絲暫時鞠躬目送馬車離開。這是她侍女時代的習慣嗎？

潔絲停止鞠躬後，露出彷彿遠足前的小學生笑容，看向我這邊。

「那麼豬先生，我們去看看吧，妖精沼澤！」

我們沿著就連馬車也無法通過的狹窄道路踢達踢達地走了大約三十分鐘。森林深處杳無人煙。就在道路中斷，視野變開闊時，潔絲出聲說道「就是這裡！」

那裡似乎是個果園。更仔細地說，是個蘋果園。長著細樹枝的矮樹保持一定的間隔種植在這裡。樹葉已經掉落不少，因此能眺望到廣大的田地全貌。我會知道是蘋果園，是因為遠方有個許多樹木結著紅色果實的區域。土壤與枯葉的沉穩香氣乘著冬風被搬運過來。

（原本的目的地阿爾堤平原，是蘋果的盛產地之一呢。這裡也是嗎？）

潔絲點頭回答我的問題。

「沒錯。這裡盛開的白花指的就是蘋果花……這個妖精沼澤就位於阿爾堤平原的外圍喔。」

我們去看看吧——潔絲朝結著果實的那區邁出步伐。

（潔絲之前說的樂趣，原來就是指蘋果啊。）

「對。但不只是那樣而已。這個妖精沼澤有某個傳聞喔。」

又是傳聞。會偷東西的幽靈、會變色的魔法溫泉——這幾天我們一直在查證傳聞的內容，然後找出了根本沒想過的真相。

這次也會是那樣嗎？

（是怎樣的傳聞啊？）

聽到我這麼詢問，潔絲很開心似的說道：

「這個妖精沼澤就跟名字一樣，有妖精棲息在這裡——聽說有這樣的傳聞。」

哦。

（妖精真實存在嗎？）

梅斯特利亞是劍與魔法的國度。雖然無法確認幽靈是否存在，但如果是妖精，就算存在也不奇怪吧。

「不……呃，說不定存在，但妖精存在這件事並未獲得證明呢。」

潔絲開始會講些宅度爆表的理科阿宅才會講的話呢。究竟是像到誰啊？

「……因為已經確認是實際存在的生物，會有正式的種族名稱。在梅斯特利亞會把我們一無所知的存在稱為幽靈或妖精。」

她這麼詳細地補充實在幫了大忙。

（原來如此。既然這樣，就表示這個蘋果園有什麼我們一無所知的存在——換言之，就是發生了難以理解的現象啊。）

「對，不愧是豬先生！」

得到了不愧豬的稱讚。

潔絲笑咪咪地停下腳步。她的眼前有一顆大蘋果。正好碰到收穫時期嗎？蘋果漂亮地染成紅色。

「聽說這裡明明沒有任何人在管理，卻每年都會有許多蘋果結果。我想其中一定有什麼祕密。您不會在意這究竟是怎麼一回事嗎？」

與其說在意……

（要是沒有人在管理，不是很奇怪嗎？）

「咦？」

聽到我這麼斷言，潔絲露出疑惑的表情。

（所謂的蘋果，一般會從一個芽長出五、六朵花。如果順利地全部授粉，就會結出五、六顆小蘋果。必須進行一種叫疏果的作業，從裡面只精挑細選出一顆，才會結出這種豐碩的果實。）

「哦哦。」

潔絲發出奇怪的聲音，將手貼在下巴。

（而且妳看這顆紅果實。要是放著任它生長，一般不會變成這麼漂亮的紅色。因為葉子遮住的陰影處會變得綠綠的啊。倘若沒有剪掉蘋果上面的葉子，照理說不可能變得這麼鮮紅。）

「原來是這樣呀……可是，要一棵一棵地巡視樹木，精挑細選果實和剪掉葉子，感覺非常辛苦。要在這個廣闊的蘋果園進行這種作業的話……」

（是啊，需要耗費相當多勞力。一定是非常有空閒的**妖精**吧。）

換言之，問題不是為什麼蘋果會在不為人知的狀況下結果，而是**誰在不為人知的狀況下讓蘋果結果**。

潔絲暫時陷入思考，沒多久她的眼睛閃閃發亮，開始環顧周圍。

「那麼，是誰在做這種事情呢？為什麼在做這種事情呢？」

我能預測到她接下來會說的話。

我——

「距離傍晚還有些時間。要不要一起思考看看呢？」

我的預測一下就落空了。我還以為她一定會說我很好奇。

（好吧。我有豬的嗅覺。說不定可以很輕鬆地就查明真相。）

「謝謝您！」

潔絲看似很開心地在胸前緊緊握住雙拳。

（就算要沿著氣味搜尋，首先也得找出那個氣味才行。來思考看看應該找哪裡才好吧。）

我一邊在蘋果園裡走著，一邊向潔絲這麼傳達。飄散過來的風帶有淡淡的蘋果香。

「假設有人在管理蘋果園，就是要尋找那位人物最近可能來過的地方呢。」

我想到一個可能的地方。

（潔絲，現在這個蘋果園幾乎沒剩下幾顆蘋果的果實對吧。剛才那顆果實恐怕是比較慢成熟的品種，也就是晚生種。在這裡結果的大多數蘋果，應該都在秋天時完全成熟了吧。）

聽到我這番話，潔絲環顧周圍。剩下的樹木大部分都只殘留著一些染成黃色的葉子，或是接近裸樹的狀態。只有我們剛才所在的位置附近和另一個地方還保有殘留著紅色果實的區域。

「我想到了！如果沒有人來採收，蘋果就會掉落到地面腐爛掉呢。」

（沒錯。但這個蘋果園並沒有滿地都是爛掉的蘋果。換言之，應該是有人定期來收穫，將蘋果搬運到某處才對。）

當然，如果只是送到市場出貨，就不會出現妖精的傳聞吧。可以推測是有什麼條件重疊起來，導致被採收的蘋果在不為人知的狀況下消失到某處。

唔嗯唔嗯——潔絲在一旁思考著。

「既然如此，只要尋找最近有人採收的地方，說不定就能找到線索呢。」

（對。如果是採收到一半的地方，說不定很好懂。妳看看那邊的蘋果樹。）

我用鼻子指示前進方向。雖然那裡的樹木也結了蘋果，但只有右半邊結果，左半邊已經什麼果實都沒有。

「那是……這表示那棵樹只被採收了一半嗎？過去看看吧！」

我們飛奔靠近並調查樹根後，發現了搬運車的車輪痕跡。

（有人將採收的蘋果放入搬運車，運送到某處啊。因為搬運車已經裝滿了，這棵樹才會只有採收到一半吧。）

「換句話說，只要沿著這個車輪痕跡去搜尋……」

（應該就能知道蘋果的下落，還有採收蘋果的人所在的地點。然後只要向那個人探聽，就能查明為何會變成是妖精在照顧蘋果吧。）

「就是說呢！」

事情進行得很順利，反倒讓人覺得缺少了什麼，有點不來勁。

（妳看，很輕鬆對吧。無論是幽靈的傳聞還是妖精的傳聞，結果都是有理由的。）

沒有任何回應。潔絲的雙眼早已經看向搬運車的車轍前往的地方。

（妳很好奇是通往哪裡嗎？）

「對，我很好奇。」

不小心讓她說出這句話了。

（去看看吧。）

我一邊嗅著地面，一邊沿著車轍搜尋起來。潔絲也跟在我身旁。無論何時來看，都是雙漂亮的腿，看來雖然苗條纖瘦，但小腿肚有著結實的肌肉。那輪廓被感覺很柔軟的皮下脂肪溫柔地攤平，勾勒出奇蹟般的曲線。

「有聞到什麼氣味嗎？」

聽到她這麼問，我聞了一下潔絲的小腿肚。

（可以聞到閉月羞花的金髮美少女香味啊。）

「您怎麼會以為我是在問我的腿聞起來是什麼氣味呢……」

不曉得是因為寒冷還是羞恥，潔絲的臉頰稍微泛紅，露出傻眼的表情。

（抱歉，因為我剛好在想腿的事情……）

「現在請您專心想蘋果的事情。」

潔絲放慢腳步，從我的視野退後一步。真可惜。

「晚上我會讓您看腿看個夠。」

這樣真的好嗎……？

我再次試著嗅了嗅地面。

（蘋果的氣味不用說。然後還有應該是用在車輪上的鐵的生鏽味。再來就是皮製品的氣味跟……這是什麼呢？一種像是炭、又像是煤灰的氣味。）

「來追蹤那個氣味吧！」

我感覺像變成了一隻警犬，沿著車轍一邊嗅著土壤一邊前進。在地面被枯草覆蓋住，看不見車輪痕跡的地方，嗅覺派上了用場。

沒多久後我們來到一條河川。寬度大約有二十公尺吧。感覺冰冷的清澈河水深處，可以看見散落著圓形石頭的河底。雖然這條小河似乎沒有很深，但如果被要求用游的過去，也會讓人感到膽怯。

在車轍暫且到了盡頭的地方，也就是那個河畔的土壤上，有塊正方形的白色大石頭豎立在那裡。是石碑嗎？高度大概到潔絲胸口。寬度稍微小一點，是塊長方體石頭。是因為長年遭受風吹雨打而風化了嗎？石頭的稜角被磨平得相當圓滑。

「這塊石頭是什麼呢……」

潔絲仔細地觀察。

（蘋果的氣味在這一帶變強烈了。）

我嗅了嗅地面，甜美的香味在河岸邊瞬間變強烈起來。在只要踏出一步就是河川的土壤上，散發著其他地方無法相比的濃密氣味。是蘋果直接碰觸到了地面吧。

（蘋果是在這邊從搬運車上被卸下來的啊。）

「也就是說……這表示有人在這裡將蘋果裝到船上嗎？」

（這可難說。這裡沒有拴住船的形跡。而且這條河原本就很淺，要讓船在這裡靠岸應該很困難吧。）

「確實是這樣沒錯……那麼來到這裡的蘋果上哪去了呢？」

假設不是裝載到船上，那是怎麼處理的呢？感覺這個謎題跟出現妖精傳聞的理由——換個說法，就是周遭的人不曉得有某人從這裡將蘋果出貨這個事實的理由——似乎是直接相關。

（來思考看看有什麼可能性吧。一、扔到對岸了。）

「……所有蘋果嗎？」

畢竟又不是在練習棒球嘛。

（二、放水流走了。）

「感覺有些浪費呢……」

明明好不容易栽培到結果。

（三、在這裡全部吃掉了。）

「是位貪吃鬼呢。」

應該說更像怪物吧？

（能判斷的材料實在很少。再稍微巡視一下這裡吧。）

潔絲笑咪咪地點了點頭，在白色石碑前蹲了下來。

被風吹的大腿感覺很冷。她不要緊嗎？

「那個，請您去尋找線索，而不是盯著我的大腿喔。」

潔絲擺出不滿的表情給我看，然後用手拉緊裙子，遮住了大腿。

（也不能否定潔絲的大腿裡隱藏著線索的可能性吧。）

「那麼也不能否定豬先生的肉裡有線索的可能性呢。」

（是我不好……請不要吃我。）

潔絲將手指彷彿鉤爪一樣彎起，並對我發出「吼——」的聲音，我急忙遠離她。

忍不住覺得如果是被潔絲吃掉我也心甘情願這點要保密。

搬運車似乎每天都會來，我發現了好幾個車輪痕跡。無論哪個痕跡都是一抵達河岸，就會轉換方向折返回頭。那個像是煤灰的氣味除了剛才沿路走來的方向，也延伸到其他方面。只不過，從那邊聞不太到蘋果的氣味。果然還是在河川將蘋果設法處理掉了。但是船無法在這裡靠岸的話……

「豬先生，這邊！」

聽到潔絲呼喚，我回到白色石頭那裡。

（怎麼了？）

「因為表面完全溶解掉，所以很難閱讀，但石碑上雕刻著文字。這邊跟這邊各有一個詞……是名字嗎？其中一邊念起來是波米。」

原來如此？

（這樣的話，這個是墓碑嗎？）

「感覺是那樣呢……」

只雕刻著名字的石碑。我只能想到墓碑。我莫名有種不祥的預感。

一種彷彿正在靠近潛藏著怪物的洞窟的預感。

（……我這邊發現了從這裡折返回頭後，前往跟蘋果園不同方向的車轍。只要沿著那痕跡前進，感覺應該能找到下一個線索。）

「那麼，就去那邊看看吧。」

潔絲的探求心從不鬆懈。我點頭同意。

（在這邊。）

我們沿著河川前往上游處。是某人推著搬運車通過好幾次的關係嗎？土壤被踩得很堅硬，變成便於行走的道路。感覺車輪的痕跡似乎比剛才淺。應該是因為推著沒有裝滿蘋果的搬運車吧。某人在那個地方不管是把蘋果扔到對岸或是放水流或是吃掉後，一定會走這條路。

「假設是在河邊立了墓碑……過世的那位人物會不會是溺死呢？」

潔絲悄聲說道。

（什麼意思？）

「那一帶水深較淺，水流變得比較緩慢。說不定是有遺體漂流到那個地方。」

原來如此，她真是敏銳。

（的確，或許是那樣啊。一般為了避免洪水或侵蝕，應該都不會選在那種地方立墓碑吧……

假設是有什麼理由才選了那裡，認為是發現遺體的場所再自然不過。）

「將採收的蘋果好幾次搬運到那個場所的人……」

我想起拉哈谷的幽靈，還有在布拉亨消失的兄妹。半開玩笑地變成傳聞的無數謎團，挖出真相一看，發現其實是殷切的思念聚焦成像。在妖精沼澤結果的蘋果，會不會也是那種情況呢？

視野忽然開闊起來。砍掉森林樹木打造出來的空地上，蓋著一棟孤伶伶的童話風小木屋。是很勤奮地在保養嗎？外觀十分整齊清潔，有灰色煙霧從金屬煙囪裊裊升起。在小木屋前面，有大量木柴堆積在簡樸的屋頂底下。

然後木柴前面放著一輛搬運車。

「好像有人住在這裡。」

潔絲向我低聲說道。

（再追究下去也不太好吧。我們回去吧。）

「……嗯，說得也是呢。」

潔絲的聲音聽起來很遺憾。距離真相只剩十公尺。但在看到那個墓碑後，我實在沒那個心情去打草驚動這條蛇。

就在我跟潔絲用眼神交流，準備折返回頭時。

忽然響起喀噠一聲，小木屋的門打開了。

一個老人探出頭來。是個將雪白頭髮梳理得十分整齊，穿著文雅的削瘦男人。

「哎呀，居然專程來到這種地方！是來參觀蘋果園的嗎？外頭一定很冷吧，請務必來屋裡坐坐。」

老人朝這邊和善地笑了笑。

潔絲用內心的聲音詢問我。

——怎麼辦呢，您覺得過去也不要緊嗎？

（他看起來不像壞人啊。真有什麼萬一時，妳還有魔法。我也會繃緊神經。如果想解開謎題，聽他說說也無妨吧。）

潔絲緊張地嚥下口水。

——嗯，畢竟都來到這裡了，我想聽聽他怎麼說。

潔絲踏出一步。我緊貼在她身旁。

「不好意思，打擾您了！我叫做潔絲。我聽說有妖精讓蘋果結果的傳聞，不禁有些在意……」

慈祥老爺爺挑起白眉毛。

「這樣子嗎，這樣子嗎？確實有聽說那種傳聞呢。假如方便，我來說明原因吧。」

「真的嗎！」

潔絲稍微加快腳步，前往小木屋。

「雖然我家不大，但妳不介意的話，請慢慢休息一下再走吧。」

我從打開的門扉窺探裡面，只見明亮溫暖的光芒照亮著牆壁的木材。內部裝潢很適合細心生活這句話，蕾絲窗簾與木雕擺飾，還有色調沉穩的掛軸等，每一個小物品都能感受到用心。家具全部都是木製。讓我們找到這裡的煤灰氣味，看來出處似乎是在裡面赤紅燃燒著的暖爐。

「打擾了。」

低頭打招呼並走進屋裡，帶著一隻豬的金髮少女。從旁人眼裡來看，應該就像是童話故事中的一幕場景吧。

「菲琳，有客人哩！」

老人迎接我們進屋後，朝家裡面這麼呼喚。

潔絲在老人催促下坐到時髦的木椅上。我在她旁邊的地板上坐好。

「我去泡茶，請稍等一下。」

老人退到裡面，過了一陣子後，他拿著瓷盤與茶具組回來了。

「自我介紹晚了呢，我叫阿爾。這邊是我的妻子菲琳。」

「咦——」

潔絲發出像被嚇到的怪聲。也難怪她會大吃一驚。因為待在老人後面的黑髮女性，就算高估一點，年紀大約也是四十歲左右。年輕到難以想像是這個老人的妻子。

（這位太太的年齡應該可以當他女兒吧。）

我加上括號這麼向潔絲傳達，但潔絲感到困惑似的看著老人，沒有回答。

（潔絲？）

——啊，怎麼了嗎？

正當我想回答時——

「來來，請用蘋果派跟茶。」

阿爾將盤子放在桌上。因為是豬的視角，所以看不見蘋果派，但烤得香脆的派皮與甜蜜的蘋果香氣溫和地在房間裡擴散開來。

阿爾坐在潔絲對面，菲琳則在我的前方，坐到窗邊的椅子上。菲琳什麼也沒說，她筆直地看著我這邊，露出微笑。

我感覺她好像在叫我，於是悄悄地前往菲琳腳邊。菲琳稍微彎下身體，伸手撫摸著我。好久沒被人摸頭了。我一邊搖著尾巴一邊抬起頭。在近處一看，會發現她眼尾的皺紋非常溫柔。她總是像這樣面帶微笑吧。我心想她是個跟阿爾很相配，氣質高雅的女性。

豬的廣闊視野捕捉到從後方刺向身上的視線，是潔絲。就算對方是年紀較大的長輩，潔絲也不爽看到我被其他女性撫摸吧。我急忙往後退，回到潔絲身旁。

（抱歉。因為感覺她好像在叫我，忍不住就……）

——不會，沒關係……

潔絲似乎在鬧彆扭。她的反應十分冷淡。另一方面，是對菲琳撫摸我這件事記恨嗎？她似乎很在意菲琳的存在。她不時地偷瞄那邊。

「那個，阿爾先生，您太太……」

啊——原本在倒茶的阿爾這麼說道，轉頭看向那邊。

「她沒打招呼，真是抱歉呢。她以前是個話匣子，但現在變得沉默寡言了。這也是因為那場意外……」

阿爾一邊說，一邊勸潔絲喝茶。潔絲微微點頭，接過茶杯。

蘊含蘋果香味的熱氣甚至飄散到我這裡來。

潔絲不曉得是在意什麼，她就那樣拿著茶杯，沒有要喝茶的樣子。

（看來沒有下毒。我想喝掉也不要緊喔。）

——好的……謝謝您。

潔絲喝了一口茶。

「哇啊，這茶非常美味。」

「這還真令人高興啊。」

阿爾朝潔絲點了點頭，然後面向旁邊，也對菲琳笑了笑。菲琳笑咪咪地眺望著感覺很溫暖地拿著茶杯的潔絲。

潔絲用似乎很煩惱的視線看向阿爾，開口詢問：

「那個，請問意外是指……發生什麼……」

「也請用蘋果派。正好是剛剛才出爐的喔。」

「我開動了。」

潔絲朵頤著蘋果派。就連這邊也能聽見她咀嚼著烤得恰到好處的蘋果，發出喀滋喀滋的聲響。

潔絲的表情突然明亮起來。

「嗯嗯！這個的滋味也非常可口呢，蘋果酸酸甜甜的。」

「對吧，是在這裡採收的蘋果。」

阿爾彷彿在看孫女似的眺望著潔絲，但沒多久他摻雜著嘆息悄聲說道：

「我們在很久以前痛失了女兒。她叫做波米。她遊玩時搭乘的小船翻船，結果不幸溺水……那之後我就跟妻子兩人悄悄地在這裡生活。」

「原來……是這樣子呀……」

響起喀嚓的聲響。是潔絲放下了餐具吧。

潔絲的推測是正確的。那個墓碑是為了哀悼溺死的小孩。

「我想應該馬上就能回答潔絲小姐的疑問喔。」

阿爾這麼說，喝了一口茶。

「我會被傳聞說是妖精的理由，我想大致有兩個。一個單純是我會在日出時進行作業，在太陽開始高高升起時就已經回到這間小屋。因為這裡交通不便，除非在這一帶的森林過夜，或是特地在半夜從鎮上出發前往這裡，否則應該不會遇到在蘋果園進行作業的我。」

原來如此，其實是這麼單純的理由嗎？潔絲也感到理解似的點了點頭。

「另一個理由就複雜一點了啊。畢竟是這種規模的蘋果園，倘若將採收的蘋果運到鎮上出貨，也不會有人把我誤認成妖精吧。但我採收的蘋果一律不出貨，所以他們才沒發現其實有人在吧。」

「一律不出貨……」

潔絲重複阿爾的話。恐怕這個理由就是在河邊消失的蘋果之謎的答案吧。

「對。我將所有蘋果都拋入河裡放水流，為了在河裡溺水的波米。那孩子最愛吃蘋果了。」

阿爾感到懷念似的看著遠方。可以看見潔絲的手緊緊握住。

「您為了過世的令嬡，照顧這麼廣闊的蘋果園……您非常疼愛她呢。」

阿爾深深點了點頭。

「而且，在寧靜的場所一邊栽種水果一邊生活，也是菲琳的夙願。因為這個願望實現了，所以我也很幸福喔。」

老人對著窗邊的妻子笑了笑。菲琳也對阿爾回以笑容。

跨越了女兒之死的夫婦在森林深處一邊經營蘋果園，同時幸福地生活。因為是在早晨完成作業，且為了悼念女兒將蘋果拋入河川放水流，所以沒有任何人注意到這對夫婦的存在。這就是**讓蘋果結果的妖精**的真相吧。

火焰在暖爐裡赤紅地燃燒著，隔熱效果強大的木造牆壁不會讓冬風吹進來。雖然發現墓碑時不禁有些戒備起來，但我心想能抵達這個溫暖的家實在太好了。

內心之所以有點疙瘩，一定是我的錯覺。

太陽開始西沉。不早點離開的話，到達鎮上時已經天黑嘍——聽到阿爾這麼說，我們決定離開妖精沼澤。目的地是流過阿爾堤平原的大河邊的城鎮。我們預定明天從那裡搭船，更進一步移動到祈願星閃爍著的北方。

我們兩人一起沿著小河邊的小路前進，我向潔絲說道：

（幸好不是什麼太糟糕的故事呢。）

「呃……嗯，是呀。」

嗯？

（怎麼了，發生什麼事嗎？）

我這麼詢問，於是潔絲用力搖了搖頭否定。

「不，不是的。我在想我太熱中於妖精之謎，結果完全忘記要餵豬先生吃蘋果呢……只有我享用到美食。」

的確。

（不用放在心上。因為我肚子一點都不餓，而且等下會享用潔絲的蘋果。）

潔絲很快地用手防禦住胸部。

「您這話是什麼意思呢？」

我的意思並非要舔那兩顆小巧的果實耶……

「原來就是那個意思呀。」

（為什麼會變那樣？）

會擅自看我的內心獨白是潔絲的壞習慣。當然是因為她不小心就會聽見吧，所以這也沒辦法就是了。我轉換話題。

（話說回來，剛才那位太太……好像是叫菲琳？她很年輕呢。那是年紀差相當多的老少配婚姻吧。）

居然可以娶到比自己小的老婆，真令人羨慕。

「……原來是這樣呀。」

（嗯？這樣是指？）

我露出疑惑的表情，於是潔絲移開視線。感覺從剛才開始，對話就有些牛頭不對馬嘴。潔絲的注意力是被其他什麼事情給吸引過去了嗎？

「不，那個……原來豬先生喜歡年紀比自己小的人呢。」

原來是這麼回事嗎？別對我的內心獨白產生反應啦。

（我不能喜歡年紀比自己小的人嗎？）

我這麼詢問，於是潔絲僵硬地笑了。

「無所謂喔。因為我的年紀也比豬先生小。」

她這麼直接地表現出好意，我反倒感到困惑。

（妳不用勉強自己說些好像戀愛喜劇女主角才會說的話喔。）

只見潔絲看似開心地露出微笑。

「原來如此，這就是**戀愛喜劇**呢？」

（嗯，也可以這麼說吧……）

潔絲不知為何特別拘泥於戀愛喜劇，真是個奇怪的女孩。

天空染成了紅色。再過個三十分鐘，周圍就會變得一片漆黑吧。

（太陽很快就要下山了。在天色變暗前，用魔法創造出火把如何？）

「不能用魔法燈就好嗎？」

潔絲這麼說道後，讓明亮的白色光球出現在身體周圍。

（如果那個在梅斯特利亞很普通倒無妨……但別讓人知道妳是魔法使比較划算吧。）

潔絲連忙消除光球。

「對喔……話說回來，火把要怎麼創造呢？」

（很簡單。把布纏到木棒或是什麼上面，接著讓燃料滲入裡面。揮發性最好不要太強。因為想讓火把撐久一點啊。）

潔絲撿起樹枝，將創造出來的白布纏在樹枝前端。最後讓燃料慢慢深入裡面，然後點火。

看起來比夕陽還明亮的橘色火焰在潔絲手邊閃耀著。

「完成了！」

夕陽照耀著潔絲的臉頰，她的褐色眼眸反射著火焰，發亮了一下。

「但是……仔細一想，實在很不可思議。為什麼這塊布不會燃燒呢？」

被火焰籠罩的布依然是白色的。

（在燃燒的是蒸發的氣態油，液態油是不可燃的。然後布被液態油保護著。液態油的溫度有上限，所以只要液態油還在，布就不會燒起來。）

「原來如此……液態油不可燃……揮發性愈強的油愈容易一口氣燃燒起來，是因為這麼回事呢。容易變成蒸氣的話，就表示可燃量也會跟著變多。」

（沒錯。）

「我學到一課了。」

我一邊說道，一邊回想起潔絲剛開始用火焰魔法時的事情。那時潔絲創造出超出必要的揮發性強烈的燃料，所以我險些就變成烤豬了。

然而到了現在……

「噯，豬先生，請您看一下！火焰變成綠色嘍！」

她已經能調整火把的燃料來玩樂。

（妳摻了什麼進去？）

「是硼。橘色跟綠色混合起來，十分有趣呢。」

油燃燒起來的橙色與硼造成的黃綠色摻雜在一起，四處還產生黃色的光芒。火焰的形狀彷彿生物般舞動著，顏色也不間斷地在變化。火焰有種無法用言語形容的魔力。讓人不禁目不轉睛地凝視。潔絲似乎也是同樣的心情，她一直默默眺望著火把前端。火焰耀眼的魅力甚至試圖烤焦自己吸引過來的視線。

我發現自己不知不覺間不是在看火焰，而是注視著潔絲的側臉。

我將視線看向前方。

回過神時，周圍已經變暗，只剩河川的潺潺水聲與被風吹動的樹枝摩擦聲響籠罩著我們。目前似乎是朝著北方在前進。祈願星閃耀著妖豔光芒的紅色在被火焰灼燒的網膜上忽隱忽現地聚焦成像。城鎮似乎還在前方。潔絲似乎不是路痴，但我們是否能在合乎常識的時間抵達目的地的城鎮呢——

就在這時，傳來了馬蹄聲。潔絲在一旁停下腳步，我將身體湊近她。聽起來有兩匹，不，是三匹馬……逐漸靠近這邊。

（潔絲，熄掉火焰——）

太慢了。

「小姐，妳在這種地方做什麼啊？」

粗魯的男人聲音。雖然暗到看不見長相，但銀色利刃伴隨著金屬摩擦的不祥聲響閃亮了一下。是男人在馬匹上拔出了劍。

「畢竟在一個很奇怪的地方嘛！」

尖銳到讓人不快的聲音從後面接著說道。雖然還沒拿起武器，但從輪廓可以看出他帶著弓箭。而且後面還有另一個人。

會對路過的少女與豬拔劍的男人，看來不是什麼好東西。

拔劍的男人讓馬更靠近我們這邊。

「妳有一張可愛的臉蛋嘛。正值妙齡啊。」

「沒戴項圈。看來不是耶穌瑪啊。」

「不管是哪邊的姑娘都沒差啦。現在就算是僱用中的耶穌瑪也無所謂了吧。」

潔絲緊緊抿住嘴唇，瞪著男人看。她看來沒有感到不知所措的樣子。她將火把像刀一樣地架起，比向三人那邊。

——我並不想危害這些人。也不希望被發現我是魔法使。有什麼方法可以和平地解決嗎？

潔絲用念這麼向我傳達。

（就算妳說要和平解決……這些傢伙打算把潔絲……）

我根本不願去想他們打算把潔絲怎麼樣。

「怎麼樣啊，小姐，妳肯乖乖跟我們走的話，我就不會用武器。我不會殺掉妳的。怎麼樣？

要不要丟掉火把，過來這邊啊？」

是在呼應拿劍的男人這番發言嗎？在後面待命的男人迅速地下了馬。在潔絲的火把照亮下，可以看見他手上拿著繩子。

男人的影子微微搖晃著。他看向潔絲。與勇猛的表情相反，細長的手臂不停顫抖著。努力站穩的膝蓋也彷彿隨時會軟掉。

（不要緊的，潔絲，有我在身旁。）

——謝謝您。

快想啊，豬。可以用魔法趕走這些男人，又不會被發現是魔法使的方法……

（煽動怪物趕跑他們吧。按照我說的去做。）

潔絲還是一樣架著火把。但有不引人注目的黑布彷彿一反木綿（註：日本傳說中的妖怪）似的從她腳邊爬了出來。打量著潔絲的臉和身體的男人們並沒有注意到這件事。

「啊！」

潔絲突然發出銳利的叫聲。

彷彿要燒光黑暗森林的火焰在男人們的背後竄起。

那是一隻巨大的火鳥。

全身以耀眼的火焰形成的怪鳥。頭部大到可以把人整個吞下，彷彿能把房子包覆起來的翅膀緩緩地拍動著。每當翅膀拍打夜晚的空氣，摻雜著火花的熱風就會吹向這邊。

「大哥！」

「這傢伙是什麼鬼啊！快上馬！」

畏懼火鳥的男人們就這樣丟下潔絲一溜煙地逃跑了。

過了一陣子後。潔絲揮動右手，怪物便化為火花消失無蹤。

機關很單純，是剛剛才告訴過潔絲的火把原理。我讓她把油滲進黑布，然後用魔法把那塊布弄成鳥的形狀再點火。燃燒起來的不是布而是油，於是全身被火焰覆蓋住的怪物就誕生了。布的生成、燃料的生成、點火，還有物理操作布，這是只憑潔絲擅長的魔法就能辦到的招式。

（妳沒事吧？）

我這麼詢問，於是潔絲雙腿一軟，癱坐在原地。火把掉落到地面上。那火焰讓滑落潔絲臉頰的淚水發亮起來。

「好可怕……」

像是從喉嚨擠出來的聲音。

「豬先生，我……真的好害怕。」

（妳一定很害怕吧。但已經不要緊了。）

我靠近潔絲身旁，但我無法撫摸她的頭。因為我是一隻豬。

（很抱歉我不能保護妳。都交給潔絲去處理了啊。）

潔絲緩緩地搖了搖頭。

「沒關係的。豬先生光是願意陪在我身旁，就會讓我感到很安心。」

（妳膝蓋弄髒嘍。站得起來嗎？）

「嗯……」

潔絲以緩慢的動作站起身，撿起了火把。

她的雙眼紅通通的，還滲著淚水。可以感受到她的害怕、悲傷、懊惱。實在難以置信同樣一雙眼睛直到沒幾分鐘前，還很開心似的注視著變色的火焰，閃耀發亮。

火把仍摻雜著一點綠色。

我看著緊咬嘴唇的潔絲，陷入一種五臟六腑彷彿都要氣炸了的心情。潔絲沒有做任何壞事。明明如此，卻只是因為她一個人走在路上，就差點被野蠻的男人們綁架。因為是女人，因為正值妙齡，因為很弱小。

假如我不在她身旁、假如潔絲不會用魔法，不曉得會有什麼下場。原本天真無邪地閃耀發亮的那雙眼睛，說不定再也無法展露笑容。

對於這樣不講理的狀況，無能為力的我只覺得懊惱不已。

「在這麼殘酷的世界裡獨自一人，是很難受的事情。」

潔絲悄聲地這麼說道。

我們沒有打任何暗號，就緩緩地邁步走了起來。

「我一直在祈禱，現在也盼望著，想要一位隨時可以陪伴在我身旁，無論何時都會站在我這邊的人物。」

潔絲用還是一樣快哭出來的雙眼看向我。

「豬先生實現了我這樣的願望。」

…………雖然覺得高興，但同時也有種她對我期待過頭了的感覺。

（實現願望的是一個變態四眼田雞瘦皮猴混帳處男豬，真是遺憾啊。）

「不會遺憾。我很慶幸是變態四眼田雞瘦皮猴混帳處男豬先生。」

（如果是那樣就好啦。）

「嗯。」

我們一邊看著祈願星閃爍發亮的天空，一邊沿著安靜的夜路不斷前進。

仔細一想，我也是類似的境遇。

十九年來，我一直在沒有人需要我的狀況下活到現在。我一直想要成為被人需要的人，卻在不知不覺間習慣了孤獨。這時潔絲出現了。只有潔絲會需要我。

只有潔絲會說喜歡我。

只不過，跟潔絲不同的是，我的對象是純真金髮平胸魔法使美少女這點。潔絲作為拯救孤獨的我的女主角，是無可挑剔的人。另一方面，我則是一隻豬。就算不是一隻豬，也是個變態又陰沉的混帳處男。我不適合當個拯救像潔絲這種美好少女的男主角（Hero）。我們太不相配了。

我開始覺得自己很悲慘。潔絲好像努力在尋找否定的話，但嘴唇似乎沉重到無法開口。我轉換話題。正好有一件我很在意的事情。

（潔絲，今天搭馬車時，妳一直很在意後方啊。還突然改變前進方向。該不會潔絲正被像剛才那樣的傢伙們追趕？）

是想到什麼呢？潔絲慌張地搖了搖頭。

「不是的！我並非被那樣的人們追趕。」

原來如此。不枉費我試著提出壞心眼的問題。

（那麼，果然是**有誰在追趕妳啊**。）

潔絲猛然倒抽一口氣。

「呃……並非那樣……」

果然最近潔絲的樣子有點奇怪。她好像有什麼事瞞著我。

潔絲沮喪地面向下方。我並不想看到她那種表情。

（如果妳有什麼傷腦筋的事情，我會盡全力陪妳商量。等妳願意告訴我時，再跟我說吧。）

我這麼傳達，於是潔絲緊繃的臉頰忽然放鬆了下來。

「謝謝您。」

可以看見前方有城鎮的燈光。我們沿路走來的小河，似乎就在前面不遠處與大河匯合。

沿著大河邊的道路鋪著石板。從各家窗戶流瀉出來的溫暖燈光照亮腳邊。在漆黑的天空底下，也能看見據說有好幾百公尺寬的河川對岸零星地亮起生活的光芒。明天似乎要搭船沿著這條河北上。

我們走了一陣子後，看到一個大規模的碼頭。有好幾艘感覺能載幾十個人的木造船隻綁在棧橋上，隨著波浪搖晃發出吱叩吱扣的聲響。附近有熱鬧的酒場。也兼任旅館。潔絲在這間旅館訂了房間。

我還以為潔絲會疲憊不堪地去休息，但她帶著我進入了酒場。據說她是得知這裡有許多種類的白蘭地，突然想要喝點酒。

在狹小的空間裡擺滿桌椅的酒場，因為人們的熱氣相當溫暖。火焰色的提燈明亮地閃耀著，照亮堆積著粗糙灰色石頭的牆壁。大多數客人都是在船上做生意的男人們嗎？即使在冬天，他們也氣色紅潤，有著曬黑的皮膚。

潔絲買了瓶琥珀色的白蘭地後，在牆壁邊的餐桌席坐了下來。我在她腳邊乖乖坐好，決定從旁守護潔絲的美腿。

「真有趣膩！一旦裝進木桶的年分不同，味道居然會有這麼大的變化。」

喝到第三杯，潔絲的臉泛起紅暈，話也開始講得不太流利了。

（因為橡木桶的成分會慢慢溶解出來，還有酒精會蒸發啊。話說回來，妳差不多該停了吧？這是比葡萄酒強烈好幾倍的酒喔。）

是因為飄散在酒場的酒味嗎？我的意識也輕飄飄了起來。必須在我們一起酒醉前，阻止這個失控少女才行。

潔絲不情願地搖著頭。

「這是用葡萄製成的白蘭地膩。難得來到阿爾堤平原咩，我也很好奇用蘋果製成的白蘭滴是什麼味道！」

白蘭滴是什麼啊……

（那再喝一杯就打住了吧。）

「咦～為什米呀！豬先生真小氣！」

潔絲手扠著腰，讓臉頰圓圓地鼓起，假裝在生氣的樣子。她完全喝醉了。雖然這樣也很可愛，但要是她酒醉到不省人事就傷腦筋了。

「啊，您剛剛在想我很可愛呢？我有那麼可愛喵？您看入迷了嗎？」

別像個煩人可愛的學妹一樣對我講不停啦。

（妳聲音太大了。要是對著一隻豬講話，會被當成有問題的傢伙喔。）

「也有人對著牆壁講話，不要緊滴喔。」

的確，這間店本身就是醉漢的巢穴。不過，曬黑的大叔對著牆壁講話，跟可愛的女孩子一個人自言自語，又是兩回事。

「來，蘋果白蘭地。」

這時響起了有玻璃杯被放到潔絲桌子上的叩咚聲響。長腳尖的皮鞋差點踢到我。我連忙往後退。

我抬頭一看，只見將黑髮自戀地留長，年紀大約二十幾歲的男人，正不請自來地坐到潔絲對面。他一身黑的打扮，還沒事把領子給立起來，就好像沒常識的阿宅才會穿的服裝。脖子和腰部甚至掛著鐺鐺響的銀鏈。

「呃，謝……謝謝您……？」

潔絲的聲音變小了。

「我聽到妳說想喝這個。我請妳喔。」

「不，呃，我會付錢的。」

響起硬幣被放到桌上的聲響。

「是嗎，那我就收下好了。乾杯。」

玻璃杯喀鏘地互相撞擊的聲響。可以看見自戀男豪邁地喝掉自己那杯酒。

「那個，請問您有什米事嗎……」

一臉困惑的潔絲依然把接過來的玻璃杯拿在手上。

（是搭訕。別理他。這傢伙是——）

「我只是來找妳聊聊而已嘛。因為我被女孩子甩了。一個人喝酒也沒什麼意思，正好看到妳也一個人，才想說機會難得，認識一下。」

穿這種像阿宅一樣的打扮，也難怪會被甩啊……

「是這樣滴嗎……」

溫柔的潔絲似乎不曉得拒絕的台詞。在她沒有否定自己是一個人時，已經給了這男人趁虛而入的破綻。不出所料，自戀男似乎認為這是個好機會，他將手肘靠在餐桌上，向潔絲送秋波。

「妳會一個人待在這裡，是正在旅途中嗎？妳今天去了哪裡呢？」

「這……」

「我是在這一帶出生長大的。說不定可以讓妳聽到一些有趣的事喔。告訴我嘛。」

潔絲稍微聞了一下蘋果白蘭地，然後放在餐桌上。

「那個，偶去了妖精沼澤……」

自戀男用誇張的動作擺出大吃一驚的樣子。

「去了那種地方！那場所很冷清吧。只有腦袋不正常的老頭子一個人在那裡生活對吧。他還會把多餘的蘋果丟到河裡放水流，偶爾漂流到這一帶來的果實都腐爛掉了，造成大家的困擾。真的搞不懂他在想什麼呢。」

哈哈哈——自戀男的笑法很惹人厭。潔絲似乎也有點不滿，但她立刻恢復成營業用笑容。

「原來速這樣呀。」

自戀男隔著桌子將身體探向前。潔絲稍微往後退。

「妳很可愛呢。機會難得，我們一起喝酒吧。來。」

他似乎在勸潔絲喝白蘭地。

我心想要不要乾脆咬住他的腳。但我還用不著那麼做，潔絲便拉開椅子。

「對不起。我已經有心儀滴對象咧。」

雖然潔絲咬字不清得有點誇張，但她很快地站起身，離開了酒場。男人是死心了嗎？他沒有從店裡走出來。他給了潔絲在喝過頭之前先離開的契機，就這層意義來說，或許該感謝那個自戀男。

潔絲說想解酒，在回房間前來到外面。

冰冷的晚風沿著河川上游吹來。她任由自己的裙襬飛舞，小跳步地走著。

而我明明滴酒未沾，卻感覺自己的腳步也有些不穩。

（幸好他是個很快就放棄的阿宅啊。可是，從下次開始，妳要更早開口拒絕喔。）

我這麼傳達，於是潔絲露出微笑。

「我從一開始就打算拒絕他喔。因為那個人雖然嘴巴說想聊聊，但腦子裡淨想些色色的事情。」

（真的很糟糕啊，居然有那種傢伙嗎？）

潔絲盯著我看。

「豬先生不會偽裝這一面，所以我喜歡您。」

我們暫時沿著河邊前進。流動的河水彷彿會把黑暗溶入水裡般。潔絲默默地看著河川並向前走。

「從這裡搭船，沿著河川往下到運河後，沒多久就會抵達叫做穆斯基爾的城鎮。那是梅斯特利亞最北邊的城鎮。」

潔絲突然這麼說了。

這表示這趟以祈願星為目標不斷朝北邊前進的旅程，很快就要走到盡頭了。我們很快就會親眼目睹還是一樣在高空上閃耀著紅色光芒的北方星，體認到我們的手是不可能搆到星星的吧。

「比想像中還快。快樂的旅程轉眼間就要結束了呢。」

潔絲面向前方，用袖子搓揉擦拭著臉。我只能看見她的後腦杓。

「豬先生是位聰明的人物，或許已經察覺到許多事情。但我求求您。在抵達穆斯基爾前，請您裝作什麼也沒有注意到的樣子。等到了最北邊後，我會主動把所有事情都好好地告訴您。」

我沒那麼聰明。倒不如說，我現在無法思考。為什麼？有許多事情彷彿會聚焦成像，不能忘掉的記憶彷彿會復甦，思考卻宛如河灘的漣漪般來來往往，亂成一團。

「很快就要年底了。抵達穆斯基爾時，我想應該正好在舉行歲祭。」

（歲祭……這樣子嗎。真令人期待啊。）

「嗯，很令人期待……」

疑問接二連三地湧現出來。我們正被誰追趕？我們為何會兩人一起在這種地方？說到底，我們明明知道不可能搆得到祈願星，為什麼還會展開前往北方盡頭的旅程？

但疑問彷彿泡沫般破裂消失。

「我們回旅館房間吧。」

聽到潔絲這麼說，我點了點頭。

「豬先參我好喜翻您～」

鑽入被窩的潔絲是開始酒醉了嗎？她躺在床上滾來滾去，發出意義不明的聲音。我也趴在地板上，正覺得昏昏欲睡。擺在眼前的鏡子玻璃混濁成白色，發揮不了作用。雖然同時感覺視野好像在搖晃，但要特地確認也很麻煩。明天能好好地起床嗎？

潔絲不厭倦地說著喜翻喜翻，但這樣的怪聲在不知不覺間轉變成像在抽泣的聲音。

傳來嗯嗯嗯的鼻音。小聲的咳嗽。倒吸鼻涕的聲音。她是一喝酒就會變愛哭的人嗎？我不明白為什麼潔絲非得哭泣不可。

「粗先參撲要丟下偶……」

雖然她的喃喃自語讓人根本聽不清楚在說什麼，但似乎可以確定她正感到悲傷。我心想實在饒不了讓潔絲這麼難過的傢伙。

好想睡。

潔絲也一樣吧。是哭累了嗎？還是酒醉得太厲害？她彷彿被惡夢纏身似的，幾乎只是在發出

嘟噥聲。

她還是一樣像在求助似的說著什麼，但快睡著的我實在聽不清楚。

不過只有一句話，在我即將陷入昏睡的前一刻，感覺好像聽見了那一句話。或許是我的錯覺。或許是我在作夢。

但我覺得自己好像聽見了一句話。

潔絲用有氣無力的聲音說了這麼一句話。

「請不要再離開我了」——

第四章 家富的戀愛太難

早上的風很大。潔絲還是一樣穿著毛茸茸的外套，背著感覺很重的包包，靜靜地走在石板道路上。我跟在她後面。

太陽一照射下來，河川的景色又給人不同的印象。沿著河邊的山丘讓朝陽照亮枯樹，閃耀著令人哀傷的土色。水面映照著清澈的天空，呈現深藍色。夜晚時相當明亮的家家戶戶，現在則是悄悄地沉入一張景色畫之中。

我們搭上左右兩邊附帶像是蒸汽船的外輪、漆成白色的大型木造船。那艘船是寬敞且平坦的雙層構造，三角形的紅色小旗子裝飾在船的頂端點綴。從大小來看，感覺應該能載將近一百人，但船上只有零星幾個客人。

我跟潔絲在能夠一邊避開強風，一邊眺望景色的二樓室內座位找了位置坐。附帶椅背的簡樸木長椅面對船隻的前進方向並排在室內。我坐在窗邊，潔絲則坐在我旁邊。我在椅子上坐好並伸長脖子，這樣就算是豬的身體，也能從窗戶看見外面。

汽笛響起了嗚嗚聲。

船緩緩地動了起來。嘩啦、嘩啦——可以聽見宛如水車般的螺旋槳在打水的聲響。船隻的右

舷沐浴著朝陽，開始朝寬廣河川的上游前進。

「似乎是靠立斯塔在動呢。感覺會是一趟舒適的水上旅行。」

潔絲小聲地這麼對我說了。

（就算只是在欣賞景色，感覺也很好玩啊。）

「嗯。您看，那邊並排著氣派的宅邸喔。」

是打算忘掉昨晚的事情嗎？還是根本沒有記憶呢？潔絲恢復成一如往常，看來很開心的態度。

我看向潔絲指的方向，只見豪宅彷彿要纏繞小山丘般，呈螺旋狀並排著。宅邸是蓋在繞著山丘打轉並往上爬的道路旁邊吧。山丘頂端聳立著感覺能眺望到遠方的尖塔。為何那座山丘會有一排豪宅呢？我有點好奇。

潔絲依依不捨似的眺望著飛逝到船隻後方的山丘。

「感覺是很有意思的地方呢。畢竟機會難得，要是有繞過去看看就好了。」

（這樣又多了一個來這裡的理由不是嗎？）

潔絲有些驚訝似的看著我，然後點頭說了聲是。

「我們再一起來這裡吧。下次我想在蘋果開花的季節來訪。」

潔絲跟我一起從窗戶眺望著外面，但她像是忽然想起什麼似的從包包裡拿出紙張。我用視線追逐她寫下的文字，於是她用手指只確認了一個地方。

（是想做的事情清單嗎？）

我這麼詢問，於是潔絲笑了笑。

「是的。」

（想做的事情是什麼？）

「是水上旅行。」

（總覺得我們去送行島時也是一趟水上旅行耶……）

「您是一位會在意細節的處男先生呢。」

潔絲露出看似不滿的表情。

「那時的目的不是旅行，而是戰鬥不是嗎？」

（嗯，這麼說也是啊。）

「就是那麼回事。」

潔絲這麼斷言，將想做的事情清單收到包包裡。這時可以稍微窺見大本書的紅色封面。我很少有機會坐在能窺見潔絲包包的位置。仔細一看，紅色書本的旁邊還有細心地被折疊起來、弄髒成紅褐色的小塊布——

「豬先生真是的，怎麼可以擅自偷窺女孩子的包包，這樣壞壞喔！」

看到潔絲在我眼前豎起食指，我只能說聲抱歉並移開了視線。

天氣也十分晴朗，水上旅行一帆風順。

船一邊繞到碼頭，一邊載著我們平淡地朝北方前進。通過眼前的景色無論是哪個都十分迷人。蓋在河邊懸崖上的古城、有一排紅屋頂的典雅小鎮、稍微傾斜的聖堂。我心想無論是哪個景色，一定都有著小小的謎題、故事和浪漫吧。

如果能一直跟潔絲一起走訪那樣的地方，不曉得會有多快樂呢……

「好唷。」

潔絲笑著說道。

「有一天我們一起去旅行吧。兩人一起踏上沒有終點的旅途。」

我們在傍晚換了一艘船搭乘。雖然船隻小上一圈，但裡面是簡單的艙房構造，可以在附帶靠墊的椅子上小睡一下。日落後就變暗的船內安靜到感覺有些寂寞。不是夜行列車，而是夜行船嗎？

船隻偏離大河，進入寬度狹窄的運河。周圍是平地。從小窗戶可以看見遼闊的星空。前進方向的天空上掛著特別大顆且閃耀的紅色星星。是據說得到星星者可以實現所有願望的祈願星──北方星。照理說我們會在日出時分抵達梅斯特利亞最北邊的城鎮，但祈願星依然沒有要靠近到能觸及之處的樣子。

夜色肅穆地漸深。潔絲很寶貝似的抱著包包入睡了。

汽笛聲讓我醒了過來。可以聽見海鳥嘎嘎叫的喧囂聲。

「豬先生，我們到了！是穆斯基爾喔！」

潔絲開朗地這麼告訴我，我跟在她後面下船。

在眼前擴展開來的是許多白帆緊貼在一起的大型港都。磚造的結實建築物沿著海邊擴展開來。雖然港口周遭很平坦，但地面似乎從港口朝外方慢慢地傾斜變高。

「終於來到這裡了呢，梅斯特利亞最北邊的城鎮……」

潔絲一邊說，一邊像想起什麼似的從包包裡拿出某樣東西。她將那東西藏在手上，注視著它。她稍微瞠大眼睛後，「唉」一聲地嘆了口氣。

（妳在看什麼啊？）

即使這麼問，潔絲也只是搖了搖頭，

「不，沒什麼。」

她只說了這些，就立刻將東西放回包包裡。

但我眼尖地看穿了那東西的真面目。高爾夫球大的玻璃球上，有包圍著球的金子裝飾。雖然只是稍微瞥見邊邊，但不可能弄錯。

裡面封印著人類眼球的魔法道具。

那肯定是指示出契約之楔所在處的「路塔之眼」。

潔絲帶著我從港口朝更北邊的方向邁出步伐。偏白的石板道路是上坡。將牆壁塗成白色的房子屋頂，有鮮紅的長旗輕飄飄地隨風擺動。顏色彷彿鮮血的素色布料，在所有屋頂上朝相同方向飄揚。這光景感覺有點詭異。

（噯，潔絲，那是什麼啊？）

我用鼻子指著布，於是潔絲笑咪咪地向我說明。

「是歲祭的習慣喔。一到了年底，就會像這樣將紅布裝飾在屋頂上。」

（有什麼含意在嗎？）

「該說含意嗎……如果是由來，我曾聽說過。年底是家人會一起度過，互相交換禮物，還有一邊團聚一邊將以前很親近的死者迎接到家裡的階段。聽說為了讓死者能靠氣味分辨，以前會把用一家之主的血染紅的布掛在屋頂上喔。因為受到那個習俗的影響，才會像這樣裝飾著紅布。」

感覺就像豈止盂蘭盆節和新年，還順便一起過聖誕節的概念嗎？

聽她提到血，我試著嗅了一下風，但並沒有聞到鐵鏽味或血腥味。

「現在幾乎都是用茜草等染料染色的樣子。聽說是生命原本就暴露在危險中的暗黑時代，有人想到可以用鮮血代替茜草，然後那個點子在轉眼間就蔓延開來了。」

是看到我的內心獨白嗎？潔絲細心地幫忙補充說明。

（那麼，死者不會迷路嗎？因為聞不到血的氣味啊。）

「說得也是呢……在比較保守的村莊，至今好像也會使用一家之主的鮮血，但這麼做還是很危險，因此在許多地區只剩下形式的樣子。好像也有些地方是使用家畜的鮮血，但那樣也會變成家畜的氣味，所以沒什麼意義呢。」

聽到家畜的鮮血，我反射性地縮起身體。

「不要緊的喔，我會保護豬先生。」

（那真是幫了大忙。）

我這麼回應，接著忽然想到一件事。

（話說回來，為什麼妳這麼清楚歲祭的習慣啊？）

「因為我跟豬先生一樣是**阿宅**呀。」

（我讓妳學到奇怪的詞彙了啊……）

「我是看了王宮圖書館裡的古老民俗學的書喔。」

我們一邊聊著這些事，一邊沿著斜坡不斷往上爬，沒多久來到寬廣的草地。有人修剪過的平坦草地地面彷彿高爾夫球場般延續下去。有一條鋪著白色碎石的道路緩緩地彎曲伸長，道路前方坐鎮著宛如宮殿般的建築物。

「就是那裡！今晚要住宿的地方！」

潔絲看似很開心地指著豪宅。無論怎麼看，都不像帶著一隻豬的少女會住宿的地方。奢華至極的四層樓巨大宅邸，一個搞不好可能是比王宮更加氣派的建築。

假如這旅館跟外觀一樣，住宿費恐怕不便宜吧。

（看起來非常氣派……應該不是什麼色色的旅館吧……？）

「色色的旅館是指什麼呀。」

潔絲露出不滿的表情。

「我聽說它是這一帶最高級的旅館。我可是有好好調查過的。」

也就是說在前往北方的旅途終點，要用最奢侈的享受來結尾是嗎？

身穿紅色衣服的門衛守護著鐵柵欄門，那門大概有潔絲身高的三倍高。潔絲向他表示自己是來住宿的，於是門衛用鑰匙開了門。在門的對面又有一條被各種庭園樹木包圍的道路，要再走上一段路，我們走了一分鐘以上，才總算抵達入口。

大型的獅子石像宛如狛犬般守護著青銅門扉的左右兩側。穿過門扉進入裡面後，只見被水晶吊燈溫暖照亮的大理石空間在前方擴展開來。

穿著氣派黑色夾克的旅館員工對著潔絲在說明什麼。

「所以說，我們能準備的只有雙人房以上的房間……」

「沒有單人用的房間嗎？」

「因為很少有要單獨一人住宿的客人蒞臨……」

這是單人旅行常碰到的事情。雖然這次有寵物同行就是了。

潔絲感到為難似的俯視這邊。倘若我是人類模樣，情況是否就不同了呢？

旅館員工用很不可思議似的視線看向我這邊。我曾好幾次被人用這種奇異的眼光看待。彷彿想說你怎麼會在這裡一樣，像是感到懷疑，又像在試探的眼神。

每當被人用那種眼神看待，我就會感受到一種不知該把豬腳擺哪裡才好，如坐針氈般的感覺。

我很清楚。一隻豬不適合出現在高級旅館吧。一隻豬不適合待在美少女身旁吧。

當然，就算我恢復成四眼田雞瘦皮猴混帳處男的模樣，也不會變成適合這種場所、還有適合待在潔絲身邊的存在吧……

結果潔絲付了兩人份的房錢，一人（加上一隻）在這裡住宿。

（居然一個人在年關住這種高級旅館，感覺潔絲也有點可憐呢。）

我在前往房間的途中這麼揶揄潔絲，於是潔絲有些不滿地咬了咬嘴唇。

「才沒那回事。因為我是跟重要的人兩人一起住。」

然後她冷淡地先走一步了。

我花了好一段時間，才理解那番發言的意思。

房間是以白色與銀色為基調打造的高雅內部裝潢。附帶床頂篷的巨大床鋪擺設在中央。感覺是六個潔絲一起睡也不會覺得擠的特大雙人床。

「請過來這邊，豬先生，您看！」

潔絲拉開蕾絲窗簾，從露台呼喚著我。

房間在二樓。用白色柵欄圍住的露台面對著海洋。只不過從這裡能看見的不是和平的沙灘。而是位於草地對面，在斷崖很底下有藍色波浪起伏的寒冷外海。

（這間旅館是蓋在懸崖上啊。）

「沒錯。我們剛才一直在爬上坡對吧。這裡是梅斯特利亞最北邊的海岬，被稱為穆斯岬。陡立在這邊的就是穆斯斷崖。」

我從柵欄縫隙間看向北方大海。非常平坦的水平線。這前方究竟有什麼呢？會不會其實是日本呢？如果這個梅斯特利亞在只要有船就能往返的地方——

「啊，豬先生！那邊能看見島嶼！」

我抬頭仰望，只見潔絲筆直地指著大海那邊。

我定睛細看。我用視線沿著水平線從左往右看。嗯？中央有——

（是說四四方方，形狀很奇怪的那個嗎？）

「對，就是那個！那是盡頭島喔。」

在白色薄霧中，有個四四方方的灰色小突起從黑色水平線孤伶伶地冒出來。沒看過那種形狀的島。簡直就像有人用三角板把輪廓修整成直角一樣。

（記得梅斯特利亞只有兩座島嶼對吧。也就是那個盡頭島，以及我們進攻暗中活躍的術師時去的——）

「就是送行島呢。對，只有這兩座島嶼。因為剩下的島嶼都由拜提絲大人弄沉了。」

潔絲面帶笑容說著很可怕的話。

成功收集到契約之楔，獲得最強力量的王朝之祖拜提絲。據說她為了將所有魔法使一個不漏地奴隸化或加以殺害，把容易成為潛伏場所的離島幾乎都用魔法沉入了海底。剩下的只有送行島跟盡頭島這兩個另有隱情的島。

據說殘留下來的島嶼上潛藏著可怕的東西。

潔絲暫時眺望著北邊的盡頭島。但過沒多久，她便說「因為很冷，我們回房間吧」，然後走進室內。

潔絲撲通一聲地坐在大床的邊緣，然後脫掉鞋子，一邊擺動雙腳一邊俯視著我。

「穆斯基爾這裡殘留著比暗黑時代更早之前的超級古老故事喔。是叫做阿妮菈小姐與瑪爾塔小姐的這兩名女性的故事──豬先生真是的，我才剛脫掉鞋子，請您不要聞我的腳，壞壞！」

後半段的話是在斥責一邊抖動鼻子一邊慢慢靠近潔絲腳邊的我。潔絲改在床上抱膝坐著了。但這麼一來，就能從小腿肚的縫隙間窺見難以界定是大腿或屁股部分的圓潤曲線。稍微往旁邊移動的話，就會看到雙腿之間有白色的──

「那個……」

潔絲用一臉困惑的模樣將裙子抱在大腿內側了。

（抱歉，是叫做阿妮菈與瑪爾塔的兩名女性的故事對吧。）

「沒錯喔。現在請您別管內褲，而是對這邊的故事感興趣。」

不能我全都要嗎？

（當然沒問題。說來聽聽吧。）

潔絲應該會聽見我的內心獨白吧，她一邊露出懷疑的眼神，一邊點了點頭。

「這是在很久以前，魔法使們和平地生活時的故事。」

在只能聽見低沉波浪聲的安靜房間裡，潔絲緩緩地述說起來。

「叫做阿妮菈與瑪爾塔，感情非常好的兩人曾在穆斯基爾這裡生活。聽說她們從小就像姊妹一樣一起長大，即使在過了十六歲後，也不曾分離的樣子。」

（是百合嗎？）

「……百合花怎麼了嗎？」

潔絲似乎以為是在說花。她純粹的眼神回看著我，我不禁搖了搖頭。

（沒事，別放在心上，繼續說下去吧。）

我知道了——潔絲這麼說，接著說道：

「然而，就在某個冬日，穆斯基爾開始流行疾病。是會受高燒所苦，全身綻放鮮血之花，殘酷的詛咒之病。瑪爾塔也因為那種病倒下了。」

潔絲有說故事的才能。溫柔且清晰的理性敘述方式，讓我早已經聽入迷了。

「聽說在放晴的日子，阿妮菈每晚都會祈禱。從穆斯斷崖能清楚看見星星。她在早上入睡，中午起床，從星星開始閃爍的傍晚直到看不見星星光芒的拂曉為止，都不斷地祈禱……於是在那一年即將結束的某天，也就是瑪爾塔的生命之火彷彿隨時會消逝的夜晚。」

潔絲有著長睫毛的雙眼緩緩地眨了一下。

「在閃爍的繁星裡面，只有阿妮菈幾乎每晚都會對著它許願的那顆星星，那一晚並沒有出現。那是個明朗的夜晚。阿妮菈有種不祥的預感，她急忙前往瑪爾塔身邊。然後阿妮菈在途中發現路邊掉了一顆閃耀發亮的星星。」

（星星掉落下來了嗎？）

我原本想要討論關於恆星尺寸的問題，但潔絲伸出食指制止我。

「這故事就是這樣的內容，所以請您聽到最後……阿妮菈撿到的正是她一直對著許願的那顆星星。阿妮菈拿著那顆星星趕到瑪爾塔身邊。瑪爾塔的皮膚已經被紅色的鮮血之花完全覆蓋住，簡直就像皮膚全部剝落了一樣。阿妮菈祈禱著瑪爾塔能恢復健康，將星星放在瑪爾塔的胸口。但什麼也沒有發生。瑪爾塔早已經斷氣了。」

（是個悲傷的故事呢。）

「對……但不只是這樣而已。還有後續。」

轟——波浪聲從遠方迴盪過來。

「阿妮菈決定拿著星星去拜訪親近的魔法使。為了把過於明亮的閃耀星星藏起來，阿妮菈買了歲祭用的紅布，將星星包裹起來。聽說魔法使一解開包裹，便大吃一驚地這麼說了。『這顆星星寄宿著生命魔法。只要使用這個，妳就能免於遭受各種詛咒與各種災難，能夠獲得永恆的生命吧』。」

（阿妮菈希望瑪爾塔恢復健康的祈禱，傳遞給星星了呢。）

「我想是那樣沒錯。但阿妮菈並不打算使用星星。她把用紅布包裹著的那顆星星拋向空中，自己跳崖自殺了。因為她覺得假如瑪爾塔不在，就沒有意義。所以在梅斯特利亞的北方，總是會有一顆北方星──也就是祈願星閃耀著紅色光芒。」

我等了一陣子，但沒有後續。看來是個不會用可喜可賀來結尾的故事。

（是個悲傷的故事呢。）

要說是百合，的確是百合沒錯，但不是原本設想的那種百合。這是試圖說明在北方天空閃耀的祈願星為何是紅色，是最北邊的城鎮才會出現的寓言吧。

「對。可是豬先生。關於這個故事，有個挺有意思的傳說喔。」

潔絲將剛才用來制止我的食指豎立在臉部旁邊。

「這是跟其他地方講述的祈願星傳說截然不同，只有在穆斯基爾流傳的內容。據說這個故事裡描寫的祈願星──也就是能夠獲得永恆生命的寶物，實際存在於穆斯基爾。據說就在阿妮菈自殺的某個懸崖附近，依然被紅布包裹著，等待有人找到它。」

（原來如此，實在很有趣。）

潔絲緊張地嚥下口水，筆直地看著我。

「豬先生，最後要不要來場解謎遊戲呢？就是以這個故事為根據，來尋找寶物。」

一陣沉默。

（……當然要試試看是沒問題，但這個故事是潔絲敘述的，真的符合原典嗎？我不會要求妳一字一句都不能弄錯，但妳不能保證所有事實都跟原典無異的話，就無法當成解謎的線索。）

「沒問題喔。我很認真地看了好幾遍保管在王宮圖書館，歷史悠久的書籍。」

（那樣真的就沒問題嗎？）

「是呀。您以為我是誰呢？」

是金髮平胸大天使處——

「您還是不用說了。」

潔絲直截了當地這麼說，然後從床上站起身。

「我們走吧。我想實際看看穆斯斷崖，來進行推理。」

（好吧。既然這麼決定了，就去看看吧。）

我邁步走向門扉那邊。潔絲從後面向我搭話。

「豬先生會像這樣聽我任性要求的地方……我很喜歡。」

波浪轟隆隆地破碎。穆斯斷崖是以雪白到讓人驚訝的岩石形成的。我們在斷崖上沿著岌岌可危的邊緣前進。高度大概將近一百公尺吧。底下散落著白色大岩石，似乎很冰冷的藏青色海水在那裡濺起水色水花。感覺是警匪劇中犯人會被逼入絕境的場所。

這種一站在斷崖邊緣就會湧現出來，豬腳感到毛骨悚然的感覺。好像會想起什麼一樣，但思考一直撞上純白的牆壁，記憶沒有復甦過來。

我們首先前往的是孤伶伶地蓋在斷崖附近，一間漆成白色的小聖堂。似乎是被稱為「少女聖堂」。我們試著進去看看。

那裡是個沒有人在，波浪聲平穩迴盪著的靜謐空間。並排著禮拜用的木製長椅，正面的祭壇擺放著女性雕像。將左手貼在胸前，右手筆直往上伸長——是王朝之祖拜提絲。

「聽說這間聖堂是拜提絲大人為了讚揚阿妮菈小姐與瑪爾塔小姐而建造的。所以說，請您看那邊。」

潔絲指著牆壁。白色牆壁上有色彩鮮豔的壁畫。

「壁畫忠實描繪出兩人的故事喔。這邊應該是瑪爾塔小姐過世的場景嗎？隔壁是阿妮菈小姐藏起祈願星去購買歲祭布的場景……」

也有阿妮菈從懸崖拋出星星的壁畫，但只憑那個，看起來無法推測出祈願星——也就是寶物會藏在哪個地方。描繪出來的背景是從大海聳立的白色懸崖。感覺是這一帶隨處可見的風景，很遺憾地並未看到可以指示出場所的特徵。

（畢竟都有王朝認證的聖堂了。阿妮菈與瑪爾塔的故事對梅斯特利亞的人們來說，有一定的知名度吧。）

「是呀。聽說現在也有追求永恆生命的旅人經常造訪此地。」

雖然好像沒有收穫——潔絲小聲地這麼補充。

（潔絲也想要永恆的生命嗎？）

我們的旅程是追逐著祈願星，以北方為目標的旅程——是這樣的計畫。潔絲也是得知阿妮菈與瑪爾塔的故事，才以這裡為目標的嗎？

「呃……並非因為那樣……喔……」

看到支支吾吾的潔絲，我實在沒那個心情繼續談論這件事。

我改變話題。

（如果光是把懸崖每個角落都搜一遍就能找到寶物的話，應該早就有人發現了。因為無論是誰都想要永恆的生命嘛。）

我一邊觀察壁畫一邊走著，同時向潔絲傳達這種直截了當的想法。

「嗯……我想也是。」

這麼快就推出結論實在很可惜。

（但機會難得，要不要到懸崖底下去看看？雖然可能要走挺久的。）

「儘管放馬過來！」

我們離開聖堂，尋找道路。我們沿著懸崖邊緣前進一陣子後，變成了下坡。我們從山谷處沿著狹窄的道路蜿蜒曲折地往下走到海岸。比想像中更快就來到海面高度的位置了。懸崖底下堆積著無數拳頭大的偏白石頭。

有種北方盡頭的感覺。藏青色大海與白色懸崖。是片寒冷且寂寞的大海。

（妳看一下露頭——看一下懸崖的岩石。）

潔絲的臉有些泛紅，她大口喘著氣。

「有什麼線索嗎？」

（算是吧。）

我們兩人一起觀察白色的岩石表面。

（希望妳可以摸一下這塊岩石。）

潔絲老實地摸了摸白色懸崖。她才剛摸就有白色碎片不停散落。潔絲抓住稍微突出的部分，一個白色塊狀物便掉落下來。

（這是白堊質——是一種脆弱的石灰岩。因為很容易被海水削掉，才會像這樣變成陡峭的懸崖。）

「哦哦。」

她染上奇怪的口頭禪了呢……

（那麼，來看看海洋那邊吧。遠方能看見盡頭島。它有著怎樣的輪廓？）

潔絲蹙起眉頭，定睛細看。她的視線前方可以看見彷彿有一塊豆腐放在水平線上面般的奇妙輪廓。

「看起來四四方方。」

（沒錯。那座島嶼也是被陡峭的懸崖包圍。跟這裡一樣是以脆弱的岩石形成的吧。不過，話雖如此，形狀卻很奇怪不是嗎？我沒看過那樣的島。）

「是這樣嗎……」

我忽然察覺到一點。因為王朝之祖拜提絲在暗黑時代把大部分島嶼都沉入海底的緣故，梅斯特利亞只有兩座島嶼。因為沒有「一般的島嶼形狀」這種概念，梅斯特利亞的人才無法發現那個形狀很奇怪。

（就是這樣。因為是以柔軟的岩石形成的島，位於那種外海的話，一般來說島嶼上方的輪廓應該會被風雨削到變成圓形吧。）

「的確……」

（在那座島嶼卻沒有變成那樣子。頂端過於平坦。**簡直就像只有那個地方被什麼守護著一樣**。）

我只傳達了這些，暫且保留結論。我一邊注視腳下的白色石頭，一邊向潔絲傳達：

（那麼，假設潔絲告訴我的故事裡有寶物所在處的線索，據說從暗黑時代之前就在流傳的阿妮菈與瑪爾塔的故事，卻有一個明確的謊言。首先必須指謫這點才行。）

潔絲露出大感意外的表情。

「咦？是什麼呢……」

（潔絲應該也知道才對。提示。北方星是什麼顏色？）

「是紅色。」

（是為什麼來著？）

這邊並非在討論關於恆星表面溫度的話題。

「呃……因為是用紅布包住，被扔向天空的關係。」

（那塊紅布是打哪來的？）

「是阿妮菈買了歲祭用的紅布……奇怪……？」

（妳發現了吧。不愧是金——不愧是我的飼主。）

潔絲瞠大雙眼，語速很快地說道：

「故事應該是比暗黑時代更早之前的東西。是魔法使們和平地生活時的故事。明明如此，**卻會買紅布這點很奇怪對吧。**」

（沒錯。歲祭的紅布會用茜草染色是從暗黑時代途中開始的事情，在那之前是用一家之主的鮮血染色。因為是用各自的鮮血在家裡染色，販售紅布的行為不可能在暗黑時代之前就出現。換言之，**阿妮菈與瑪爾塔的故事可能是暗黑時代以後創作出來的，或者至少被竄改過。**）

如果是解謎場景，這台詞肯定會加粗標示。

（考慮到梅斯特利亞全土流傳著「獲得祈願星者能夠實現任何願望」這種錯誤的傳說，與其說是本來就有的故事遭到竄改，不如說是某人在暗黑時代以後新創作出來的，感覺這麼想比較妥當吧。畢竟很難想像關於祈願星的兩個會矛盾的故事，能夠在同一個地區一直流傳下來。）

潔絲似乎察覺到什麼，她面向斜下方。差不多到了該面對真相的時候了。

面對說不定有著怪物模樣的北方盡頭的真相。

（被什麼東西守護著的島嶼。在暗黑時代以後偽造出來的故事。只要把這些事情加上某個線索，我就能推測出寶物的所在處。）

「這……這樣子呀……」

潔絲的雙眼笨拙地面向下方。她緊緊握住的拳頭貼在胸前。這是潔絲有哪裡感到不安時會做的舉動。

——豬先生，最後要不要來場解謎遊戲呢？就是以這個故事為根據，來尋找寶物。

我想起潔絲對我說的話。這是解謎遊戲。既然接受了挑戰，就有義務好好查明謎題。

（首先來思考看看盡頭島的謎團吧。以脆弱的岩石形成的島嶼，為何會一直保持著正方形輪廓，不自然地殘留下來呢？要論是用什麼方法的話，很輕易就能想出答案。能保護那種大島的只有魔法吧。盡頭島是靠王朝之祖拜提絲以前的魔法使，抑或是拜提絲本人的魔法受到保護。）

潔絲用嚴肅的表情點了點頭。她壓根兒沒想到居然會因為「不是一般島嶼的形狀」這種異世界人的觀點而解開謎題吧。

（這關係到「是因為什麼理由」這方面的答案。那座島有什麼讓魔法使用上偉大的力量也想守護的東西。所以拜提絲儘管害怕會有魔法使潛伏，把幾乎所有島嶼都沉入海底，仍然沒有弄沉那座島——或者是因為那座島被什麼給守護著，她無法弄沉。）

四方形輪廓的島嶼彷彿人造物般從水平線冒出來。潔絲遠望著那邊。

（那麼，那座島上有什麼呢？從這樣的話題發展應該能輕易想像到。但畢竟是難得的解謎遊戲，就仔細地沿著線索來解謎吧。這邊會提到的就是阿妮菈與瑪爾塔故事的謊言。）

「這個故事指示出穆斯基爾殘留著會給予永恆生命的寶物，但它並非自古就流傳的故事，而是在暗黑時代以後創作出來的——您這麼指謫了呢。」

她幫忙整理重點，實在幫了大忙。

（沒錯。既然如此，就會湧現出「是誰做了這種事」的疑問對吧。雖然無法斷言，但能夠推測。建造了聖堂，將阿妮菈與瑪爾塔的假故事流傳給後代的人物。終結暗黑時代，將古早的真實歷史竄改成對自己有利內容的人物。）

「……是王朝之祖拜提絲大人呢。」

（對。拜提絲雖然將梅斯特利亞的所有島嶼都沉入海底，卻沒有弄沉那座盡頭島。**拜提絲確實知道那座島上有什麼**。然後創作了這個故事。那麼，從這裡可以推論出兩個假說。）

潔絲點了點頭，我充滿自信地向她傳達：

（其一，因為拜提絲早就知道盡頭島上有寶物，才創作了故事當作提示。真善良呢；其二，拜提絲將盡頭島的寶物占為己有，但為了讓探求者轉移焦點，才刻意創作了暗示盡頭島的故事。
這邊就有點壞心眼。）

「豬先生認為是哪邊呢？」

謹慎的潔絲提出的這個問題，聽起來也像是在述說答案。

（那個最後的線索就在潔絲的包包裡面。）

潔絲的身體抽動了一下。

（妳帶著荷堤斯給妳的路塔之眼吧。）

「豬先生早就看透一切了呢。」

潔絲一邊說，一邊拿出球體。

用金子裝飾的玻璃裡面被透明液體填滿，浮在上面的眼球面向一個方向。即使潔絲將手移動，黑眼睛仍然緊盯著一點。

北方海洋。孤伶伶地漂浮在海上的四方形影子。

（潔絲下船的時候，確認了路塔之眼對吧。但很快就收起來了。雖然從豬的視角無法看見眼球本身，但能夠輕易想像到那顆眼球是怎樣的狀態。）

「是這樣嗎……？」

（對。潔絲確認路塔之眼時，並沒有朝哪個方向看。一般應該會看向眼球指示的方向才對。但妳沒有這麼做，是為什麼呢？）

潔絲的喉嚨咕嚕地動了一下。

（因為眼球的狀態跟妳預測的一樣。那麼，是跟妳預測的一樣面向哪裡呢？畢竟是在不斷往北邊移動後還特地拿出來確認，答案就只有北方了吧。路塔之眼跟妳預測的一樣，指著比梅斯特利亞最北邊還要更北的方向。潔絲在不斷朝北方前進時，早已經預期到北方有寶物這件事了吧。）

潔絲點了點頭。

（至今為止的旅程會一直朝北方前進，也不是為了追求不可能搆到的祈願星，妳的目的其實是那個具體的寶物吧？）

潔絲暫時沒有回答我的問題。

然後她悄聲地說道：

「……我並非只為了寶物才一路旅行到這裡……但是，就如同豬先生所說的，這趟旅程的目的之一是為了得到寶物。」

我們不斷朝北邊前進的旅程。那並非單純的旅行，也不是想追逐星星的童話故事，而是為了尋求藏在梅斯特利亞最北邊的某個寶物。

我感受到自己正一步步逼近核心。

（換言之，這表示拜提絲的寶物如今也還在這個北方的盡頭島對吧。因此在我列舉的假說中，正確的是前者。拜提絲是為了提示盡頭島藏著寶物才創作了故事。）

「……那麼，豬先生認為據說能獲得永恆生命的阿妮菈的祈願星，還在盡頭島上嗎？」

並非那樣。

（所謂的祈願星終歸是個比喻。只要思考一下路塔之眼是怎樣的東西就會明白。藏在盡頭島的是梅斯特利亞的至寶——**救濟之盃**吧。）

潔絲露出大吃一驚的樣子，將手貼在小巧的胸前。

「想不到您連這點都……」

因為看到路塔之眼，讓我察覺到在盡頭島上的並非什麼能獲得永恆生命的祈願星。我察覺到在那個懸崖上的是似是而非的東西，也就是我們早已經知道的寶物。

（路塔之眼這個道具，應該是用來**指示**散落在梅斯特利亞的**契約之楔**。拜提絲就是用路塔之眼收集楔子，獲得了最強之力對吧。）

「對，沒錯。」

（但梅斯特利亞殘存的最後一個楔子在我們攻略送行島時，為了解開瑟蕾絲的詛咒而用掉了。那麼，為何這玩意會面向北方？那是因為還殘留著一個**用契約之楔製作出來的至寶**。那就是救濟之盃。）

沉默。這表示著肯定。

（記得梅斯特利亞的至寶有三個對吧。僅限一次，能夠給予任何生命奇蹟之力的契約之楔。僅限一次，能夠奪走任何生命的的破滅之矛。還有**僅限一次，能夠拯救任何生命的救濟之盃**。）

我想起跟潔絲一起入迷地解讀史書的事情。

（但這三個並非同等的道具。契約之楔原本不只一個，而是有好幾個都隱藏在梅斯特利亞裡；殺害荷堤斯的破滅之矛也是以那個契約之楔為核心製作出來的。認為剩餘的救濟之盃跟破滅之矛一樣是從契約之楔製作出來的想法再自然不過。）

潔絲看著固定朝北的詭異眼球，開口說道：

「對……就跟豬先生說的一樣。在荷堤斯先生——在爸爸過世後，我發現他給我的路塔之眼還指示著某一點。它筆直地面向著北方。」

為什麼她沒有在發現的時候就找我商量呢？

「照理說契約之楔已經沒有剩了，為何還會指向北方……這麼心想的我跟豬先生一樣想起了破滅之矛。根據修拉維斯先生的解析，破滅之矛是以灌注在契約之楔裡的龐大魔力為動力源製作出來的殺人兵器。聽說可以推測出製作者並非太古的存在，而是拜提絲大人。」

——虛弱到難以想像是太古的魔法啊。什麼破滅之矛啊。

我想起潔絲的父親荷堤斯所說的話。原來那句話是這個意思嗎？那個變態男在自己的身體遭到破壞時，立刻分析出了破滅之矛並非從太古被遺留下來的東西，而是由拜提絲新製作出來的東西。

「不光是一般流傳的祈願星傳說，我還得知了穆斯基爾的祈願星傳說。這時我又想到了還沒有被任何人拿到的救濟之盃。給予永恆生命的寶物，與能夠拯救任何生命的寶物——我心想這該不會其實是指同一個東西。」

（妳洞察了真相啊。）

「……似乎是那樣。」

潔絲的語調好像在畏懼著什麼。

我做了總結。

（如果要回答妳出的謎題，會是這樣子吧。阿妮菈與瑪爾塔的故事在暗黑時代之前就存在，暗示著「祈願星」所在處這點是很明顯的謊言。其實它是由拜提絲創作出來的故事，暗示著救濟之盃的所在處。還有救濟之盃的隱藏地點並非這個穆斯斷崖，而是浮在遠方的那座島——也就是拜提絲沒有弄沉的盡頭島。）

潔絲露出像是放棄了的表情笑了笑。

「轉眼間就被解開了……居然可以從古老的故事真的說中寶物的地點……不愧是豬先生。」

我不能被不愧豬給迷惑。

（那麼潔絲，我可以問妳一個問題嗎？）

是設想到我會這麼說嗎？潔絲一臉不安地看向我。我接著說道。

（說到底，潔絲為什麼打算一個人去尋找救濟之盃？為什麼一直對我保密？為什麼沒有跟修拉維斯還其他同伴在一起？）

潔絲低下頭。

「這是因為……我明天早上會告訴您。那個，我們差不多該回旅館了吧。」

（為什麼——）

「一定有很美味的晚餐才對。至少旅途的最後一晚讓我們開心地度過吧。」

被打斷了。然後我察覺到一點。潔絲用彷彿隨時會哭出來的表情在笑著。她在想什麼呢？她在忍耐著什麼呢？我並不曉得。

「……求求您。等到了明天，我會好好面對怪物，所以能請您再等我一下子嗎？我還想再稍微體驗一下**戀愛喜劇**。」

附近有道大波浪掀起，伴隨著轟隆聲響濺起水花。

嗯，也不是有什麼急事。

等好好準備完畢再來面對真相這個怪物也不遲吧。

（說得也是。在身體著涼前回旅館吧。）

冬季的白天很短暫。在我們步行回到懸崖上的期間，周圍漸漸地變暗了。當我們嘿唷、嘿唷地爬到終點時，太陽已經完全西沉，西方的天空邁入暮光時刻。陰天的天空沒有星星和月亮。

正當我們在懸崖上行走時，事件發生了。

「啊——」

像是忍不住發出來的那聲音讓我看向潔絲。她的側臉被紅色光芒照耀著。

有什麼東西正在潔絲對面的樹林中明亮地燃燒著。

那是一隻大型動物。牠全身被火焰包圍，正痛苦掙扎著。我一開始以為是鹿。但不是。脖子異常地長。腳比鹿還要更加細長。

是只有在梅斯特利亞看過的野獸。是赫庫力彭。

被火燒身而逐漸邁向死亡的奇妙大型哺乳類扭動著長長的四隻腳拚命掙扎，讓長脖子彷彿蚯蚓般痛苦地翻滾，沒多久後便倒下，一動也不動了。

一股烤焦的肉味飄散過來。

可以看見被餘燼照亮的潔絲一臉過意不去似的咬著下嘴唇。

（是潔絲……是潔絲動手的嗎？）

潔絲緩緩地微微點了點頭。

（那不是赫庫力彭嗎？是王朝用來負責監視的動物吧。為什麼——）

「我明天會向您說明一切。」

潔絲只說了這句，便快步地走向旅館那邊。

潔絲在天花板很高的大廳用晚餐。她一個人在角落的桌子一邊聽著餐具喀鏘喀鏘的清脆聲響一邊用餐。其他客人都是兩人以上，輕聲細語地愉快交談著。

用白色盤子裝著被端上桌的料理，無論哪一道都很奢侈，但潔絲垂頭喪氣，似乎不是很開心的樣子。是因為抱有祕密而變得尷尬嗎？跟我在腦內的對話也聊不起勁。我也實在沒那個心情說些玩笑話。

這種時候，如果我至少是個人類：如果我能坐在潔絲對面，自由自在地用餐，跟周圍的人們一樣與她開心地交談……

雖然是理應好幾次填滿了五花肉的願望，但最近就連會抱持那種憧憬一事都讓我感到痛苦。

因為諸位，希望你們試著想像看看。

要在高級餐廳的時髦餐桌前，坐在完美美少女正對面的人。是我喔，是我這個不起眼的處男喔。無論怎麼看都很不相配，非常奇怪吧。

我不是武藝精湛的英雄，也不是一國的王子。

是個沒把豬肝煮熟就吃掉的笨蛋四眼田雞瘦皮猴混帳處男。

像這樣趴在地板上，說不定對我而言正好。

我抬頭仰望潔絲。她露出心不在焉的表情，吃著切成小塊的白身魚。

我並不曉得該怎麼跟她搭話才好。

結果潔絲平淡地用完餐點，回到了房間。

寬敞的房間裡還是一樣迴盪著波浪聲。

潔絲脫掉鞋子和襪子，坐在巨大的床上後，目不轉睛地看向了我。

（怎麼了？）

我這麼問，於是潔絲擺動著赤腳。

「王曆一二九年到今天就結束了。」

對喔。旅途結束的這天，也是漫長一年的最後一天。

（在夏天從鄉下啟程後，大概過了半年嗎。是挺辛苦的一年吧。）

「說得也是呢。還在當侍女時的我，完全無法想像到半年後居然會演變成這樣。」

（我想也是……）

我慢慢地試圖靠近赤腳，於是潔絲忽然停止擺動腳。

「在一年的最後一天跟最重要的人們一起度過，還有互相交換禮物，是歲祭的習俗。」

她露出微笑。

「怎麼樣呢？我們要不要也來交換禮物？」

這也就是說……

（呃，雖然我很想，但我沒有任何東西能送給潔絲。只能如同字面意思割肉送妳吧……）

變成異世界的一隻豬，一無所有的瘦皮猴眼鏡仔。要說現在的我還剩下什麼，或許只有這十九年來小心翼翼地守護至今的處男之身。

潔絲似乎暫時陷入了沉思，但沒多久她像在惡作劇似的笑了。

「那麼，請給我豬先生的處男。」

………？

就在我僵住時，潔絲慌張了起來。

「啊，不是，當然我不是說現在喔……！」

嗳，說真的，妳在講什麼？？？

我從混亂的腦袋中努力擠出不同話題。

（潔絲會送我什麼啊？）

意外地是潔絲很快就開口回答：

「等有一天豬先生送我禮物時，我也會送您一樣的東西。」

有種大腦拒絕處理情報的感覺。

（這樣子嗎。）

「是的。」

（我覺得妳還是別那麼做比較好喔。）

「我心意已決。」

沉默。潔絲的表情非常認真，我實在沒那個心情開她玩笑。

呼——潔絲吐了口氣。

「這麼一來，就算是享受了歲祭呢！」

是有什麼想法呢？只見潔絲從放在床上的包包裡拿出紙張。已經很眼熟的紙張。是潔絲想做的事情清單。

潔絲看向最後面那邊的項目，用手指只確認了一個地方。

我忽然在意起一個細節。

（可是潔絲，歲祭是每年都會舉行的吧？每年都會做的事情，為什麼會在想做的事情清單裡啊？）

潔絲不滿地鼓起臉頰，瞪著我看。

「您就是因為這樣，所以明明是這麼出色的人，卻永遠都是個處男先生喔。」

（妳是要稱讚我還是要貶低我，拜託選一邊吧……）

「我是在稱讚您。」

潔絲讓赤腳的腳尖碰在一起，她稍微扭扭捏捏了一下，同時吐出這樣的話：

「……這不是普通的想做的事情清單。」

這話是什麼意思呢？想做的事情清單還有不普通的嗎？

潔絲依然移開視線地說道：

「這是我**想要跟豬先生一起做**的事情的目錄。」

我猛然驚覺。

在圍著篝火取暖時。看流星時。迷路時。抵達葡萄酒產地拉哈谷時。在布拉亨尋找溫泉時。從阿爾提平原展開水上旅行時。她真的是在沒什麼的時候打勾標記呢——我一直這麼心想。而且實際上是那樣沒錯。因為一個人做這些事的話，的確是沒什麼的事情。

但對潔絲而言，那些並非「沒什麼的事情」。

因為無論哪件事，都是潔絲想**跟我一起**嘗試看看的事情。

我說不出話。

「我一直孤獨地活到現在，跟豬先生相遇後才首次發現世界上有一個人辦不到的事情。還有好像一個人也能辦到，但那樣會有無法看見的世界。」

潔絲跟我暫時互相注視著彼此。

從樓下傳來有些吵鬧的聲音。感覺好像還摻雜著似乎很耳熟的聲音。潔絲注意到聲音後，就那樣赤腳從床上站了起來。

「好了，我們去洗澡吧。」

雖然好像不是溫泉，但似乎有豐富的地下水。在統一成白色磁磚的大浴場裡，寬敞的浴池裝滿了清澈的水色熱水。還有花草漂浮在熱水上，香味柔和高雅的熱氣飄散在整個浴場裡。

儘管是開放給所有客人使用的浴場，但除了我跟潔絲，好像沒有其他人在。只有熱水嘩啦啦流下的聲響不間斷地從濃密的熱氣中迴盪過來。

潔絲一絲不掛。雖然多虧有熱氣抑制了她處男殺手的威力，但我幾乎是閉著眼睛在泡澡的。我微微睜開眼睛，可以看見潔絲在旁邊讓熱水泡到肩膀。

她的手有些心慌意亂似的撫摸著纖細的手臂。

（這熱水的香氣很棒呢。）

我這麼傳達，於是潔絲回了聲「是呀」。

「被香草這樣燉煮，豬先生看來也很美味。」

（請不要吃我。）

「我不會吃您的啦……！」

是因為跟阿宅一起生活的影響嗎？潔絲的反應堪稱立竿見影。

（潔絲的赤腳一定也變成很棒的香味吧。）

「請您不要聞……」

（我不會聞啦……）

潔絲呵呵地笑。她笑得差不多後，大大地吐了口氣，閉上雙眼。

「一起洗澡，聊些無關緊要的對話……豬先生，這是**戀愛喜劇**嗎？」

（是戀愛喜劇啊……大概。）

「太好了……我總算開始明白什麼是**戀愛喜劇**了。」

在整間白色的浴室裡，白色熱氣彷彿霧般地飄散著。我看向潔絲不在的那邊，於是陷入一種簡直就像飄浮在雲朵裡的錯覺。

喀達。

響起了門打開的聲響。潔絲睜開眼睛的模樣映入視野角落。

「好像有人進來了呢……」

一個影子從浴室入口緩緩地靠近這邊。小小的腳步聲啪噠啪噠地響著。

（是其他客人嗎？）

我一隻豬進入浴池——不，說到底，我一隻豬可以進入浴室的嗎？瞬間我感到如坐針氈，我伸直原本彎起來的膝蓋。

腳步聲儘管保持著似乎很慎重的節奏，仍漸漸地接近這邊。體重應該很輕吧，腳步聲聽來也很輕盈。因為熱氣而看不見對方的模樣，但可以看見輪廓，十分嬌小，是少年嗎？我抬起頭注視那邊。

是因為門一直開著嗎？一陣冰冷的風「呼」一聲地吹來。霧彷彿拉開簾幕似的消散。那身影就出現在我眼前，比想像中更加接近。

在濕答答的白色磁磚上。

腳趾苗條細長，指甲也修剪得十分整齊。骨頭浮現出來的腳背。纖細的腳踝。輪廓慢慢地變圓，來到小腿肚。膝蓋上有傷痕與瘀青。大腿沒有任何多餘的脂肪——啊，看來似乎不是少年，而是少女，年紀應該比潔絲小幾歲吧。腰骨上方勾勒出曲線，在更上方瘦到浮現出來的肋骨前面，有著彷彿會不小心看漏的小巧胸部。頸子十分纖細單薄。然後那張臉蛋——是認識的面孔。

對方停下腳步，俯視泡在熱水裡的我們。

「瑟蕾絲小姐……！」

潔絲發出聲音。那聲音好像摻雜著早已預料到的聲色，是因為我對瑟蕾絲的裸體感到動搖所產生的錯覺嗎？

「太好了，潔絲小姐，總算……」

瑟蕾絲露出有些緊張的表情，更往這邊靠近。明明我就在這麼接近的距離，她卻毫不遮掩該遮起來的地方。白皙透明的肌膚。細微的體毛。微微搖晃著的乳——

「啊，不可以，瑟蕾絲小姐，不可以過來！」

潔絲一邊激烈地濺起水花，一邊在我的身後站了起來。被裸體少女包夾了。實際上可算是火腿三明治。在豬的廣闊視野中，用力搖晃起來的咪——

「啊啊啊啊，對不起！我該怎麼做……」

瑟蕾絲讓雙手在肩膀處慌張地擺動著，同時退後一步，看向潔絲。

「啊，不是，那個……不可以裸體。因為豬先生在這裡……」

看來一臉驚訝的瑟蕾絲又退後幾步，用右手很快地遮住小巧的胸部。她的左手伸向大腿那邊，隱約地──不，不行。內心獨白也會被瑟蕾絲聽見。

瑟蕾絲東張西望地環顧周圍。

……？

我應該確實地映入了瑟蕾絲的視野才對。明明如此，她的視線為何感到迷惘？而且我應該用很大篇幅的內心獨白描寫了瑟蕾絲。身為魔法使的瑟蕾絲應該也清楚聽見了那些內容。瑟蕾絲不可能看漏我的存在。

正因如此，瑟蕾絲發出的話語是我完全沒有預料到的內容。

「呃……豬先生在這裡嗎？」

第五章 果然我的打情罵俏奇幻故事搞錯了。

潔絲留下感到困惑的瑟蕾絲，逃走似的離開了大浴場。她用魔法迅速地換好衣服後，沿著冰冷的走廊奔跑，前往出口。

我稍微慢半拍才追了上去。

感覺好像有很耳熟的型男聲音追趕上來，但潔絲沒有停下腳步。她一邊用袖子頻頻擦拭著雙眼，一邊只是不斷奔跑著。我不明所以地追在她後面。

我想整理一下思緒。為何潔絲要逃離瑟蕾絲？為何瑟蕾絲無法看見我？為何潔絲在哭泣……？

明明連外套也沒穿，潔絲卻離開旅館的領域，沿著今早爬上來的坡道往下飛奔到港口那邊。年底的夜路毫無人煙。裝飾在各家屋頂上的紅布在夜晚的黑暗中染成藏青色，隨著北風飄揚。白色石板在被雲遮住的微弱月光下浮現出來。北方盡頭寒風刺骨。從家家戶戶流瀉出來的團聚的溫暖光芒讓我羨慕不已。

潔絲的步伐從下坡的途中開始慢慢地降低速度，沒多久後變成用走的。她一邊大口喘著氣，同時什麼也沒帶地前往港口那邊。

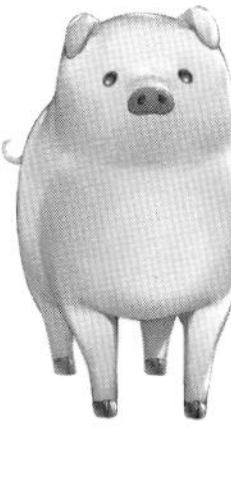

「對不起……豬先生……我還是……」

她的腳步不穩到讓人擔心。

（妳不會冷嗎？）

我能對她說的也只有這句話。

「因為跑了一陣子，沒有很冷……」

我們穿過住宅區，來到了海邊。海岸鋪著感覺很堅固的岩石，大大小小的船隻繫在整齊並列的棧橋上。這邊也幾乎沒有人在。年底的夜晚，居民都在自己家度過吧。

潔絲一邊沿著寬廣的海岸線前進，一邊緩緩地開口說道：

「雖然之前說要等到明天早上……但看來好像必須在這裡把一切都告訴豬先生才行。」

那前所未有的嚴肅語氣讓豬肉繃緊。

「快樂的旅程——以星星為目標的計畫這樣就結束了。」

潔絲流著看起來也像是眼淚的汗水，但她用清楚明確的語調說道：

「到了面對真相這個怪物的時候了。」

（妳願意告訴我真相嗎？）

「當然願意。因為這也是豬先生本身的事情。」

少女一個人的腳步聲迴盪在陰暗的港都石板上。潔絲忽然停下腳步，面向我這邊蹲了下來。

「很久沒有摸摸豬先生了呢。」

潔絲一邊勉強露出微笑，一邊將手伸向我這邊。她的手應該在撫摸我才對，眼睛看起來是這樣，卻沒有感觸。雖然有微微地感受到潔絲的體溫——

「我並非故意捉弄您。而是我變得無法觸摸豬先生了。」

淚水從潔絲的眼尾滑落。

（妳說什麼……？）

「請豬先生也試試看。來，握手。」

淚眼汪汪的潔絲將手放低伸向我。我抬起右前腳，放在她手上——我失敗了。我的前腳穿過了潔絲的手。

潔絲看似悲傷地只讓嘴唇露出笑容。

「這就是真相。**豬先生並沒有實體**。」

啥……？這是怎麼回事？

「……所以除了我之外，沒有任何人能得知豬先生的存在。」

（慢點，怎麼會……為什麼……只有潔絲知道我的存在是指……我是在作夢嗎？這並非現實嗎？）

「並非那樣。正確來說，是豬先生的靈魂寄宿在我身上。所以只有我能看見豬先生的身影。

知道豬先生在想什麼。在我的世界——只有在我的世界裡，豬先生確實是存在的。」

（靈魂……那樣簡直就像我已經死掉了不是嗎……）

潔絲站起身，又走了起來。我跟了上去。

「您過世了。豬先生確實在這個梅斯特利亞身亡了。」

潔絲沒有轉頭看向這邊，她這麼說道的聲音慢慢地顫抖起來。

慢點。這是怎麼回事……？

「您好像失去記憶了，我來向您說明。跟我接吻那晚，豬先生在深夜從王都的懸崖跳崖自殺了。不曉得是否有不好的預感，從夢中驚醒的我發現豬先生不在床上。然後我在王都四處尋找，總算找到了豬先生。但我找到您的時候。豬先生的身體已經……為時已晚……」

感覺海風變得更加寒冷。

我忽然想起了因淚水而模糊的星空。想起我站在懸崖邊緣的事。想起我一邊爬上階梯，一邊回想與潔絲的記憶的事。還有我悄悄地溜出潔絲床鋪的事。

波浪聲漠不關心地啪啦啪啦響著。

「那之後的事情我也幾乎不記得。根據修拉維斯先生所說，我似乎變得很情緒化，別人說的話我都完全聽不進去。據說我還曾經試圖跳海或上吊。聽說最後是被注射了鎮靜劑才安靜下來。但我什麼也不吃，身體日漸衰弱。」

壯烈的事實讓我無法動彈。潔絲平淡的語調感覺也摻雜著責怪我的聲色——不，這說不定只是我擅自這麼覺得而已。

「我能夠清楚回想起來，是過了一陣子後的事情。是我摸到有豬先生的血滲入的領巾時。我還記得我的身體感受到某種神祕的──但不知何故又好像很熟悉的熱度。」

（領巾……）

我想起從潔絲的包包裡窺見的那塊弄髒成紅褐色的布。

半年前，在巴普薩斯為了遮掩項圈而買的領巾。是我為了潔絲挑選的領巾。顏色像是美麗淺水湖泊的領巾。

潔絲總是將那條領巾佩戴在身上某處。

即使在應該遮掩的項圈消失後，她也經常纏在手腕，或是纏在手臂上藏到袖子裡──照理說明明跟打扮沒有關係，她卻一直佩戴在身上。

發現我的遺體時，她也佩戴在身上某處吧。然後那條領巾甚至沾滿鮮血，這表示我……潔絲她……

「我找修拉維斯先生商量了關於碰觸領巾就會感受到神奇熱度的事情。我原本以為他會說那應該是我的錯覺，卻不是那樣。」

從潔絲口中聽說自己記憶的空白部分。感覺有點奇怪。還有，一想像潔絲在沒有我的地方接觸認真回覆王子的樣子，不知為何……

（他怎麼回答……？）

「他說我感受到的熱度說不定是豬先生的靈魂。聽說修拉維斯先生曾聽爺爺大人說過——豬先生們所在的世界跟這個梅斯特利亞的羈絆總有一天會斷絕。如果不在變成那樣之前回去，豬先生們的靈魂將會無處可去。」

——你之前所在的世界與這個梅斯特利亞的羈絆，就宛如泡沫般不穩定。那隻豬死掉的話，恐怕便沒有下次了。而且你待太久的話，兩個世界會分離開來，你就只能在這裡作為一隻豬死去。

我想起前代國王，同時也是潔絲祖父的伊維斯所說的話。

（即使豬的身體死亡，我也沒能回到原本的世界……這表示梅斯特利亞與那邊世界的羈絆已經斷掉了嗎？）

「我並不曉得正確的原因……修拉維斯先生說當然也很有可能是我無意識的魔法挽留了豬先生。但無論如何，豬先生的靈魂都沒有回到原本的世界，而是寄宿在我身上了。」

這怎麼可能——雖然很想這麼認為，但現狀就是最有說服力的鐵證。

「只不過，聽說一個身體裡會出現的靈魂最多就一個。即使我感受到的熱度是豬先生的靈魂，豬先生的靈魂也是以非常扭曲的形狀被我的靈魂緊抱不放而已——修拉維斯先生是這麼認為的。他說豬先生是變成了不會說話的附身靈。他說已經無計可施了。」

（所以我才沒有那段期間的記憶啊。）

「沒錯。我從圖書館借了靈術的古書，學習相關知識。我想豬先生應該也看過幾次。是紅色封面的書。」

紅色封面的書——我曾看過潔絲在晚上讀那本書，也有印象看過她把那本書收進包包裡。靈術……？

「所謂的靈術是關於靈魂和生死魔法的一個領域。由於已知的事情太少又無法預測結果，而且非常危險，因此是一直被視為禁忌的所謂黑暗魔法。」

——假如我其實是個很壞的女孩，您會怎麼做？

我自然地回想起潔絲以前曾問過我的問題。

（妳居然為了我……）

「不，這一切都是為了我自己。」

她這話說得斬釘截鐵。

「我得知了只要利用豬先生滲入領巾的血，說不定就能透過靈術分離豬先生的靈魂。得知這件事後，我便毫不迷惘地踏上禁忌之路。」

（妳說禁忌……妳究竟做了什麼？）

「是不能告訴豬先生的，非常壞的事情。」

瞬間我就畏縮起來，不敢再問。身體停止思考，只是不斷跟在潔絲後面走著。

「雖然中途不得不離開王都……儘管如此，我還是獨自繼續研究，好不容易成功地分離了豬先生的靈魂。」

不得不離開王都……？

潔絲無視感到疑問的我，繼續說道。

「然後豬先生恢復了意識。但我沒能給予豬先生身體……從我的角度來看，豬先生看起來就是豬先生。我也知道豬先生在想什麼。可是豬先生沒有實體。別人無法看見豬先生的模樣。我也無法把豬先生的思考轉播給其他人。能夠認知到豬先生的人，在這個梅斯特利亞只剩下我而已。」

對不起——潔絲面向下方。

（妳用不著道歉。既然我沒能回到原本的世界，反倒應該說妳這麼做幫了我大忙。）

從後面也能清楚看見潔絲的淚水不停掉落。

就算想跟她說些什麼，也不曉得該講什麼才好。

另一方面，我感到恍然大悟。

回想起來，在旅途中幾乎沒人注意到豬的存在。沒有人提到關於豬的話題，也只有在潔絲將臉面向我這邊的時候會看向我這邊，因為旅途中遇見的人們根本看不見豬。

朝我投射過來的疑惑眼神，並非在鄙視與美少女不相配的豬。

他們只是定睛細看潔絲在意的空間究竟有什麼，並非在看我的模樣。

然後，我察覺到一件可怕的事。

除了潔絲以外的人都看不見我的身影。既然如此，從旁人眼裡來看，潔絲就是一直獨自在旅行。跟我的對話從旁人眼裡來看，也都是跟虛無的對話……

嗯……？

（不……等等，應該不是吧。我們去妖精沼澤的蘋果園那時，叫做阿爾的老人有位年輕的太太，記得名字是叫菲琳吧。那位太太從一開始就注意到我的存在，而且最重要的是她還摸了我的頭喔。）

暫時陷入一陣沉默。跟我預測的反應不同。潔絲用虛弱的腳步繼續走著。

海灣的複雜海岸線對夜晚的散步來說有些過於漫長。

「……豬先生是真的能看見菲琳小姐呢。」

我不懂她的意思。

（怎麼回事……？）

我這麼傳達後，回想那時的對話。

——話說回來，剛才那位太太，好像是叫菲琳？她很年輕呢。那是年紀差相當多的老少配婚姻吧。

——……原來是這樣呀。

我那時的確覺得我們的對話好像有點接不起來。

「嗯，**我看不見菲琳小姐的模樣**。因為阿爾先生好像看得見，豬先生的心聲也是以看得見為前提的內容，所以我想一定有那麼一位人物在，只是我看不見而已吧，才配合您說的話……」

啊——我這麼心想。為何我一直看漏了呢？那個位於河畔的墓碑。

——因為表面完全溶解掉，所以很難閱讀，但石碑上雕刻著文字。這邊跟這邊各有一個詞……是名字嗎？其中一邊念起來是波米。

（妖精沼澤的墓碑上有兩個名字啊。其中一個就如阿爾所說，是他們女兒的名字。然而另外一個——）

「恐怕是他太太，菲琳小姐的名字……」

原來是這麼一回事嗎？

果然那個蘋果園也潛藏著怪物，名為真實的怪物。

（在失去女兒的溺水意外中，阿爾也失去了妻子菲琳啊。換句話說，我看見的菲琳是……幽靈？）

「我不曉得那種說法是否正確。但是，明明我看不見，變成靈魂狀態的豬先生卻能看見這點似乎是事實。說不定是阿爾先生的執著將菲琳小姐的靈魂挽留在這個世界呢。」

也就是說強烈的執著心引發了接近靈術的作用嗎？

（因為一直保持死亡時的模樣，菲琳才會看起來特別年輕嗎？）

一直默默坐著的菲琳。撫摸了照理說沒有實體的我的菲琳。

就跟只有潔絲才看得見我一樣，菲琳其實是只有阿爾才看得見的死者靈魂嗎？因為我是靈魂，才能夠看見菲琳，與菲琳互相接觸嗎——因為菲琳是靈魂，才能夠看見我，與我互相接觸嗎？

——去了那種地方！那場所很冷清吧。只有腦袋不正常的老頭子一個人在那裡生活對吧。他還會把多餘的蘋果丟到河裡放水流，偶爾漂流到這一帶來的果實都腐爛掉了，造成大家的困擾。真的搞不懂他在想什麼呢。

搭訕潔絲的自戀男所說的話，也證實了這件事。

果然我變成了只有潔絲和同類才能觀測到的靈魂嗎？

然後，我又察覺到一件事。

（……我周遭的鏡子……無論哪面都是霧掉或是翻過來，根本不能用對吧……該不會那也是潔絲做的嗎？）

走在前面的腳步變得更加緩慢。

「是的……因為豬先生的模樣……不會照在鏡子上…………嗚……」

潔絲的聲音開始摻雜讓人不忍聽下去的嗚咽。

我懂了。事情發展至此，潔絲不斷朝北方前進，想要得到救濟之盃的理由不是很明確嗎？潔絲是為了拯救淪落成靈魂，以扭曲的形狀被綁在這世界的我的生命，才想得到救濟之盃。

可是這麼重要的事情，她為什麼要對我保密，也不找修拉維斯幫忙，甚至還逃離瑟蕾絲——

「您不明白嗎？」

潔絲停下腳步，轉過頭來，淚流滿面地看著我。

「豬先生的狀態非常不穩定。剛成功分離靈魂沒多久時，還會反覆無常地一下出現一下消失……每次我都覺得胸口好像要裂開了一樣。」

的確……關於我是何時回到潔絲身邊這點，我沒有明確的記憶。

「現在也是，我根本不曉得豬先生何時會消失不見。說不定早上醒來您就不見了……救濟之盃也未必能用在豬先生身上。說不定有一天會突然就再也見不到您……既然如此……」

潔絲的聲音在顫抖且十分微弱，儘管如此，還是彷彿楔子般刺入我的內心。

「至少在最後……至少在最後讓我們兩人一起度過快樂的時光…………」

潔絲跪倒在潮水湧現的冰冷石板上，哭泣起來。我只能茫然地站在她面前。

不，我甚至無法站著。因為這裡沒有我的實體。

別說不能摸摸她的頭了，我甚至無法碰觸眼前的潔絲。

彷彿被冰水冷卻的血液逐漸讓大腦麻痺。不過，名叫真相的怪物仍不停逼近我這邊。

服務異常周到的潔絲，不知何故想要挑戰戀愛喜劇的潔絲，晚上不想睡覺的潔絲。這一切都存在著理由，存在著可怕的真相，存在著我不想察覺到的真實。

為了避免被我察覺，潔絲一直獨自背負所有煩惱和痛苦，同時打算盡力享受說不定是最後的兩人時光。

「為什麼！為什麼豬先生死掉了呢！您明明答應我，說要一直跟我在一起的……為什麼……」

——在這麼殘酷的世界裡獨自一人，是很難受的事情……我一直在祈禱。現在也盼望著。想要一位隨時可以陪伴在我身旁、無論何時都會站在我這邊的人物……豬先生實現了我這樣的願望。

——這是我想要跟豬先生一起做的事情的目錄……我一直孤獨地活到現在，跟豬先生相遇後才首次發現世界上有一個人辦不到的事情。還有好像一個人也能辦到，但那樣會有無法看見的世界。

——您不可以從最重要的人身旁消失不見喔。

我想起旅行途中從潔絲那裡聽到的話。我拋下那樣的女孩——

沒有實體的淚水開始滑過沒有實體的我的臉頰。

我幾乎是自動地把腦海中浮現的事化為言語。

（我不是這個世界的居民。原本是應該待在其他世界的人啊……而且潔絲有修拉維斯這個出色的結婚對象。）

她問了為什麼，所以我認真地向她傳達理由。不過就算把理由化為言語，我也感覺那好像並非理由。

「那才沒有關係，我不會放棄……我明明這麼說過……！」

抽泣的潔絲看起來也像是掉落在泥土上的白薔薇花。

溫柔、美麗，且認真學習的少女。被選上當王子的未婚妻，魔法的實力也獲得認可，流著王家血脈的祕密公主——

這時自己真正的心情才總算化為言語浮現出來。

（……果然就憑我是配不上潔絲的。）

「咦……？」

儘管喉嚨像在抽搐似的動著，潔絲仍瞠大雙眼看向了我。

那是完全不能理解我想說什麼的表情。

（潔絲沒有做錯任何事。但就算扣除是一隻豬這點，我也不是能配得上像潔絲這樣美好女性的男人。）

海鳥在遠處只叫了一聲。

（妳能理解嗎？我是個阿宅，是個眼鏡仔，是個瘦皮猴，是個混帳處男。我這種傢伙配不上像潔絲一樣各方面都完美無缺的女性。而且潔絲是國王之弟荷堤斯的女兒。是統治這個梅斯特利亞的王家末裔啊。）

潔絲甩亂頭髮，開口否定。

「我才不管出身！而且我才不覺得豬先生跟我不相配！」

潔絲的反駁接近吶喊。

「我在基爾多利的宅邸向星星祈求時，來到我身邊的是豬先生。護送我到王都的是豬先生。跟記憶被封印住，什麼都不知道的我一起從尼亞貝爾的堡壘逃走的是豬先生。拿到契約之楔的時候、拿到破滅之矛的時候，跟我在一起的是豬先生。無論何時，豬先生都一直陪伴在我身旁。我只是希望豬先生今後也能像這樣陪伴著我……能跟您在一起的話，明明這樣我就滿足了……」

我無言以對。那些令人懷念的日子在腦海中復甦。

自從在潔絲的豬圈醒來後，我的確一直跟潔絲在一起。被國王送回原本的世界後，我也憑著自己的意志回到了這個梅斯特利亞。為了跟薩農和兼人他們一起導正這個扭曲的世界。為了讓潔絲幸福——

「豬先生您！」

潔絲的聲音把我拉回現實。拉回寒冷港都的陰暗黑邊。

「您不會覺得想要跟我在一起嗎……！」

潔絲的秀髮被海風吹得凌亂不堪。

熟悉的臉龐因悲痛而扭曲，被淚水弄髒，儘管如此，還是我熟悉的可愛臉龐。

我總算察覺到自己真正的心意，我回到梅斯特利亞真正的理由。那並非為了導正世界的扭曲，也不是為了在幕後讓潔絲獲得幸福。我不是意志那麼堅強的男人，也不是什麼正義使者。

就算講了一堆有的沒的。

其實理由更加單純。

即使知道我配不上她，即使知道我會妨礙到潔絲的人生。

我還是想再見到潔絲。

我是因為想跟潔絲在一起，才再度來到這個世界的。

明明如此，我卻從懸崖……

（……我想跟妳在一起啊。）

我這麼傳達的瞬間，潔絲的褐色眼眸筆直地看向了我。

我將彷彿要洋溢出來的思考化為言語傳達給她。

（對啦，我很想跟妳在一起！那一晚我有生以來第一次接吻，聽到潔絲說希望我們一直在一起，我打從心底盼望想要跟妳在一起！明明應該回到自己的世界，明明不管我怎麼做都配不上妳，但我發現自己還是夢想著跟潔絲一起生活！正因為這樣，要是那一晚沒有採取行動，我覺得自己就再也離不開潔絲身旁了！正因為這樣，我才打算回到原本的世界！）

然後我察覺了。

察覺笨拙到無藥可救的處男無藥可救的感情。

（……所以說，一定為時已晚了。）

「咦……？」

沒錯，為時已晚了。

——有一天我們一起去旅行吧。兩人一起踏上沒有終點的旅途。

聽到她這麼說，我發現自己被那個提議深深吸引住，無法自拔。

（跟潔絲一起在梅斯特利亞旅行後，我已經無法再有想要離開潔絲身邊的念頭。我也一樣不想離開妳。即使我們不相配、即使居住的世界不同……但如果潔絲喜歡這樣的我，我也一樣想要跟妳在一起。我想跟妳一起踏上沒有終點的旅途，直到無從反抗的最後一刻來臨為止……）

我知道這種話由我來說實在很噁心。

但是，潔絲都淚流滿面地吶喊出心聲了，所以我也有說出來的義務。

「豬先生……」

（原諒我吧。原諒我試圖離開潔絲身邊的事。）

「……您以為就憑這句話，我就會原諒您了嗎？」

潔絲不是氣噗噗，而是淚眼汪汪地用感到怨恨的眼神瞪著這邊看。

「我會原諒豬先生的條件只有一個。」

潔絲用不適合她的嚴厲眼神看向我。

「請您跟我約定今後也會一直跟我在一起。」

約定……

我根本不曉得未來會怎樣。嚴格一點來想，實在不可能承諾她這種不負責任的約定。但潔絲想要答案。況且那個答案一定不是半永久地對將來的保證，而是在確認我現在是否有足夠的覺悟承受這件事吧。

縱然再怎麼看不見未來，只有這句話我現在也能說得出口。

（今後我們也一直在一起吧。）

簡直就像求婚的台詞讓我自己也覺得有些難為情。

潔絲總算用淚水都哭乾的雙眼笑了。

然後她很開心似的點了點頭。

「要是豬先生打破約定，無論是要追到天涯海角、追到時間盡頭，還是追到冥界深淵，我都會用盡各種手段，去把豬先生逼得走投無路喔。」

褐色眼眸在夜晚也一樣清澈無比。

「……然後我會跟豬先生在一起。」

我們緩緩地走在沿海的道路上，打算回到旅館。我們似乎在邊走邊談時來到了挺遠的地方。可以看見旅館的燈光在遙遠對面的懸崖上。

潔絲突然逃走，瑟蕾絲應該也嚇了一跳吧。回去之後必須向她道歉才行……也得對不小心看到她裸體的事道歉。

我們沒說什麼話地往前進。搖晃船隻的平靜波浪聲彷彿與步伐產生共鳴。

就在我們打算彎過離開港口的轉角時。

傳來喀達喀達喀達的聲響，有小船接近這邊。是附帶屋頂的木造破爛船。那艘船突然接近過來，插入就在附近的船隻中間靠岸了。

「潔絲！」

一身黑的人影從船內走出來並這麼大喊。人影從船頭大大跳起並著地到這邊後，迅速地拉下了原本戴著的兜帽。

捲曲的金髮、白皙的肌膚、濃密的眉毛、五官深邃的臉龐。

是梅斯特利亞的王子修拉維斯。

修拉維斯一走近潔絲，便緊緊地擁抱住她纖細的身體。

「妳平安無事嗎？我放心了。」

修拉維斯跟瑟蕾絲一樣沒有注意到我。他一邊將潔絲緊抱在胸口處不放，同時很開心似的露出笑容。他的顴骨上有慘不忍睹的傷痕。

……嗯？

情況不太對勁。那捲曲的頭髮與其說優雅，反倒更像凌亂不堪，白皙的肌膚也被傷痕跟泥土弄髒。與其說是王子，我看更像個士兵吧。

過了一陣子後，修拉維斯將潔絲從胸口放開了。他將大手放在潔絲的雙肩上，用筆直的眼神注視潔絲的哭臉。

「怎麼了，妳剛才在哭嗎？」

潔絲露出驚訝的樣子，說不出話來。

「總算抓到了呢。」

從船隻那邊傳來女人的聲音。跟冬天不搭的暴露服裝，背後有一把施加金銀裝飾、磨得發亮的大斧，是解放軍的女幹部伊茲涅。她後面是攜帶著大型十字弓的少年——也就是伊茲涅的弟弟約書。船上還能看見少女與獸類的影子。

是在意同伴的目光嗎？修拉維斯將手從潔絲的肩膀上放下。

「昨天從諾特那裡收到潔絲似乎正在前往穆斯基爾的消息，所以我們偷了一艘船，火速沿著外海航行過來。能順利見到妳真是太好了。」

王子用一如往常的冷靜聲音這麼向潔絲搭話。

「話說回來，想不到妳居然會獨自待在這種地方……」

「修拉維斯先生……對不起。我拋下大家……」

雖然潔絲的眼淚止住了，但她的聲音依舊微弱。

修拉維斯一邊像在警戒似的掃視周圍，一邊對潔絲說道：

「豬的死亡讓妳很難受吧。我明白妳的心情。那傢伙對我而言也是重要的友人。但是，妳不能再自暴自棄了。在這種狀況下，只能靠被留下來的我們一起努力了。」

我只能從附近眺望著這麼鼓勵潔絲的修拉維斯。

修拉維斯咳了兩聲清喉嚨，然後很快地說道：

「潔絲，在那之後我們知道了很多事情。母親大人還活著——不，應該說被留活口才對嗎？自從占據了父親大人的身體後，暗中活躍的術師最想殺掉的就是我。他讓母親大人活著，想把她當成人質引我上鉤。雖然知道是這麼回事，但我想設法救出母親大人。妳能助我一臂之力嗎？」

…………？

我跟不上話題。暗中活躍的術師占據了國王馬奎斯的身體？王妃維絲變成人質？修拉維斯正被追殺？那麼，流著王家血脈的潔絲該不會也……

（先等一下，潔絲。梅斯特利亞究竟變成什麼樣子啦？）

潔絲轉頭看向這邊。修拉維斯一臉疑惑地看向我——不，不對。現在我能明白。那雙綠色的眼睛不是在看我，而是注視著潔絲正在看的虛空。

「有什麼在嗎？」

對於修拉維斯的疑問，潔絲小聲地開口說道：

「我……成功了。」

「什麼成功了……？」

「就是第二靈術——分離靈魂。我成功分離了豬先生的靈魂……」

修拉維斯沒有掩飾他的動搖。

「妳說什麼……？妳該不會真的……結果怎麼了？豬的意識呢？」

「恢復了。」

修拉維斯驚訝地瞠大的雙眼，再次看向我這邊。不過，他視線的方向比我站的位置還要稍微左邊一點。

「並非變得肉眼可見了啊。」

「除了我以外的人好像都看不見……內心的聲音也只有我聽得見。」

「那樣單純只是——」

修拉維斯說到一半便閉口不語。我知道他想說什麼。模樣只有潔絲能看見、聲音也只有潔絲能聽見，沒有實體的豬的靈魂。只是潔絲深信真的存在，無法排除只是幻覺的可能性。

不過，有句話說「豬思故豬在」。我的確存在於這裡。

「豬先生確實存在。他現在也看著我們的模樣，且聽著我們的對話。」

修拉維斯突然臉紅了起來。就算不是魔法使，我也知道他在想什麼。他八成在想要是被我在近處看到他抱緊潔絲的模樣就不妙了吧。

（幫我向修拉維斯傳達請多指教處男混帳。）

我這麼拜託潔絲，於是——

「豬先生他說請多指教處男混帳。」

潔絲幫我這麼傳話了。

修拉維斯露出一臉困惑的模樣，又看向我所在的地面附近。

「這樣啊……啊，能再見到你實在太好了……」

那語調聽來不怎麼相信潔絲所說的話。

「修拉維斯先生，我還沒有告訴豬先生任何有關王朝的事情。為了我也為了豬先生，能請您從頭幫忙說明嗎？」

「嗯，這倒是無妨啦……」

就在修拉維斯支支吾吾的時候，從坡道那邊傳來好幾個人啪嗒啪嗒的腳步聲。

「是誰？」

修拉維斯將潔絲擋在身後保護她。

伊茲涅和約書下了船，彷彿事先說好的一樣守住修拉維斯的左右兩邊。在近處一看，會發現伊茲涅的大斧跟約書的十字弓都變化成用金銀裝飾的氣派武器。雖然還是一樣使用著耶穌瑪的骨頭，其他部分卻被改良得相當華麗，又無損於實用性。

「混帳傢伙，是我啦。別拿武器對著我。」

是很耳熟的聲音。高高瘦瘦並將金髮剪短的型男。腰部掛著施加了金銀裝飾的雙劍。是諾特。他後面是瑟蕾絲、少年還有黑豬。

「真是的，真會給人找麻煩啊。居然害我得這樣拚命追著根本不喜歡的女人的屁股跑。」

諾特短暫地嘆了口氣，瞪著潔絲看。

「抱……抱歉……」

「算啦。王子大人也到了，這下總算都集合了啊。」

高瘦的諾特靠近結實的修拉維斯。是許久未見的重逢嗎？解放軍首領與王子暫時四目交接。

「你意外地很有精神嘛。沒事嗎？」

「還過得去。多虧有伊茲涅跟約書，我撿回好幾條命。」

「這筆人情債可是很貴的喔，王子大人啊。」

「我並沒有打算叫你算便宜點。」

冷風從海上吹來。我們在北方盡頭又再次齊聚一堂了。令人懷念的伙伴們就在眼前，但我卻無法直接向他們傳達話語。

修拉維斯開口說道：

「想不到必要的人好像都湊齊了啊。我想談談關於至今為止的事，還有今後的計畫。」

「至今為止的事？我們已經知道嘍。」

看到諾特一臉疑惑的樣子，修拉維斯比著潔絲說道：

「潔絲接觸禁忌的魔法，讓豬的意識復甦了。雖然我們無法認知到，但聽說豬的靈魂就在這裡。只有潔絲能擔任靈媒。」

諾特露骨地蹙起眉頭。

「這是怎麼回事？你說下流臭豬仔在這裡？」

（幫我傳達「正是如此處男混帳」。）

潔絲老實地面向諾特那邊。

「正是如此處男混帳。」

彷彿凍結般的沉默。

「——豬先生是這麼說的。」

諾特目瞪口呆地羞紅了耳朵，但他很乾脆地接受了這件事。

「這樣喔。我還想說他居然一個人逃跑了……但他還能幫忙出主意的話，我就沒意見啦。好啦，要從哪說起？」

「一開始是王朝的事情。就由身為王子的我來述說吧。豬，你在聽吧。」

我示意潔絲幫忙點頭，於是潔絲點了點頭。

在解放軍的成員包圍下，修拉維斯一邊俯視著波浪，一邊述說起來。

「那是從你跳崖那天過了大約一個月時的事。事出突然。父親大人去地下室確認暗中活躍的術師的狀態時，遭到暗中活躍的術師攻擊。雖然我們給他裝上了封住魔力的項圈，而且採取所有可能的封印措施，但那傢伙讓自己的身體腐爛，慢慢削掉頭部並切開，逃離了詛咒的束縛。進入地下石室的父親大人雖然在瞬間對應了攻擊，但在燒掉那傢伙時不小心吸入了灰燼。」

修拉維斯不帶感情地繼續說道：

「術師使用靈術奪走了父親大人的身體，還包括梅斯特利亞最強的魔力啊。梅斯特利亞最凶殘的魔法使就這樣誕生了。」

讓人不願相信的事實反倒讓我聽得入神了。

「父親大人的理性說出的最後一句話是『快逃』。我跟潔絲勉強保住一命，逃出了王都。成功逃出來的只有我們。母親大人被術師給抓住了。我們暫且投靠解放軍，但術師一直糾纏不休地追殺流著神之血的我。那些傢伙的攻擊讓我們分散各地了。」

不祥的預感命中了。雖然現在是只有我跟潔絲才知道的祕密，但潔絲的父親是國王之弟荷堤斯。潔絲也跟修拉維斯同樣流著神之血——也就是拜提絲的血脈。換言之，倘若被暗中活躍的術師得知這個祕密，潔絲也可能變成他糾纏不休的攻擊對象。

可能變成他要殺害的對象。

無從得知我這種不安的修拉維斯，平淡地接著說道：

「目前我們還平安無事，但這個梅斯特利亞實在不能說是沒事。被術師占據的王朝現在也一邊假裝跟平時沒兩樣，一邊停止原本的職責，試圖讓世界朝最壞的方向前進。」

在旅途中確實有些在我內心稍微留下疙瘩的話語。

——最近治安愈來愈差。

——畢竟現在這種時勢，生意難做呢。

——不管是哪邊的姑娘都沒差啦。現在就算是僱用中的耶穌瑪也無所謂了吧。

梅斯特利亞應當變和平了才對。但那種和平也由於王朝的崩壞，在一瞬間——

我設想潔絲的心情。她一定很不安才對。說不定又會有人來追殺她。她肯定很不安。潔絲在這種處境中拚命地追尋著我……然後甚至不惜接觸禁忌的魔法，讓我的意識復活了嗎……

諾特從旁插嘴：

「就在這種時候，潔絲突然搞失蹤了。被整個國家追殺的王子大人跟伊茲涅和約書持續逃亡，我則趁這段期間尋找潔絲。」

好像被什麼追趕著的潔絲，是一直在逃離諾特。為了讓陽光照射溫泉而爆破雲層時也是，她是因為心想這樣會被王朝和諾特發現所在處，才覺得不妙的吧。

然後會燒掉赫庫力彭，是因為王朝已經被暗中活躍的術師占據，她不想被得知所在處。

我們的戀愛喜劇之旅經常與破滅相鄰。

「對不起……我根本沒想到我能幫上大家的忙……」

修拉維斯無奈地嘆了口氣。

「潔絲，妳目前脫魔法了幾次？」

聽到他這麼問，潔絲扳著手指算了起來。

「就我有自覺的次數來說……是九次。」

九次……？

「我還只有七次。倘若用叔父大人的方式來計算，潔絲的戰力會是我的四倍。只要妳有那個意思，應該能一個人攻陷一個城市吧。」

脫魔法——是魔力會增強大約兩倍的魔法使的脫皮現象。脫魔法次數愈多就會變得愈強，因此經常成為強度的指標。這表示在我沒有意識的期間，潔絲也不斷使用魔法，反覆著脫魔法嗎？

修拉維斯邁步向前。

「希望妳不要逃避。這個梅斯特利亞必須是和平的場所才行。然後我無論如何也必須活著救出母親大人。能不能請妳助我一臂之力呢？只要我們跟解放軍聯手，就還有希望。妳也不想讓叔父大人的死白費吧。」

潔絲回望修拉維斯。成為王朝與解放軍的橋樑而死亡的荷堤斯，同時也是潔絲的父親。

荷堤斯建立起來的和平此刻正將輕易地化為烏有。

諾特對在尋找話語的潔絲說道：

「這並非要妳參與我們的戰鬥，叫妳去殺人。反正在這個梅斯特利亞根本沒有我們的容身處吧。既然都是無處容身的人，與其分散各地，不如待在一起比較划算，也比較安心不是嗎？我們是這個意思啦。」

被兩個金髮型男這樣逼近，潔絲彷彿想逃離似的看向我。

「豬先生，該怎麼辦呢……」

感到疑惑的眼神看向潔絲。潔絲對著空氣搭話的身影，看起來一定很奇妙吧。就像旅途中潔絲一直被當成怪人那樣……

（無論潔絲做出怎樣的選擇，我都會一直跟潔絲在一起。我不會再逃避了。潔絲照自己想做的去做就行。）

「我……」

看到潔絲欲言又止，修拉維斯幫忙說話。

「妳應該想要先讓豬恢復原狀吧。儘管去嘗試即可。既然妳成功分離了靈魂，那潔絲想做的事情應該跟我們的目的相去不遠才對。」

……？

「這話是什麼意思呢……？」

修拉維斯手扠著腰，露出微笑。

「暗中活躍的術師的靈魂占據父親大人的身體，掌握了主導權。另一方面，潔絲則是成功吸收豬的靈魂，讓他的意識復活了。雖然出現在表面的主體不同，但父親大人與潔絲以靈術來說，幾乎處於相同的狀態。然後要解決這點的關鍵，似乎正好就在這個北方的盡頭島。」

該不會……

「是救濟之盃對吧！」

出乎意料的是潔絲這番話讓修拉維斯露出疑惑的表情。

「救濟之盃……？不，不是。原來潔絲不是看了這個嗎？」

修拉維斯不知從哪拿出紅色封面的書。

「《靈術開發記　後篇》。這是由拜提絲大人所編撰，關於靈術的事情是梅斯特利亞中最為詳盡的文獻。前篇是潔絲借走的吧。關於到第二階段為止的靈術，至今已知的事情都寫在那本書上了。另一方面，後篇記載的是第三、第四階段。是與梅斯特利亞的深世界相關的內容。」

「深世界？」

看潔絲這麼反問，這似乎是她也不曉得的詞彙。

「是由人的執著構成的另一個梅斯特利亞。深世界是甚至會讓靈魂具現化的場所。只要進入那裡，說不定就能與父親大人接觸。入口似乎就位於盡頭島。」

這是怎麼回事？與馬奎斯的靈魂接觸，跟讓我恢復原狀有什麼關連？

「只要去深世界，豬先生就會恢復原狀嗎？」

修拉維斯微微聳了聳肩。

「要試過才知道。不過，拜提絲大人在潛入深世界時，成功地給予已經變成靈魂的丈夫路塔身體。這些都是記載在開發記裡的事情。我還以為潔絲也是想賭這個可能性才北上的……」

救濟之盃。前往深世界的入口。不知是怎樣的因果，感覺我們所有人的命運在盡頭島再次集結起來。

諾特一臉費解似的聽著兩人的對話，他從旁插嘴：

「怎麼，雖然不是很懂，總之我們只要去北方島嶼就行了是嗎？」

「似乎是那樣。」

雖然關於靈術什麼的必須再找個機會問清楚，但我們目前該做的事情似乎已經決定了。

（看來我們的命運似乎無法跟這個國家的命運切割開來啊。）

潔絲看向我，點了點頭。然後她筆直地看向修拉維斯與諾特。

「我們走吧。前往盡頭島。」

「就這麼決定啦。」

諾特乾脆地說道。

修拉維斯走進潔絲與諾特中間，將手同時放在兩人的肩膀上。

「這是最後一戰了。」

王子充滿決心的眼神在最後看向我所在的方向。

「跟我們一起收復梅斯特利亞吧。」

潔絲的行李還放在旅館。我們兩人暫且回到旅館，清空房間。

王曆一二九年馬上就要結束了。新的一年即將來臨。

「要不要稍微放慢腳步呢？」

諾特他們在港口等待，我們離開旅館往下走到港口的途中，潔絲露出微笑，這麼說了。

「再過一會兒就要換日了。我們兩人一起跨年吧。」

（說得也是。）

我們放慢腳步。冬季的寒風吹過朝著大海往下延伸的白色石板路。

祈願星在北方天空閃耀著紅色光芒。雖然白天時是陰天，但似乎慢慢地放晴了。明天應該會是晴天吧。

「我想……」

潔絲低聲說道。

「我想聊些快樂的話題。今天盡量來體驗**戀愛喜劇**好嗎？」

（快樂的話題嗎……）

就在我陷入思考時，潔絲是以為我提不起勁嗎？她幹勁十足地表示：

「色色的話題也可以喔。」

可以嗎？？？

（不，我不會聊色色的話題啦……）

「這樣子嗎……」

就算她在這邊露出似乎很遺憾的表情，我也很為難。

（現在根本無可奈何的時候，最好聊聊未來的話題。一般人大概都不想去思考必須做什麼才行，所以來思考看看想做什麼吧。要不要試著像這樣讓夢想壯大起來呢？）

「感覺很棒呢，就這麼辦吧！」

潔絲用自然的笑容這麼說道後，指了指祈願星。

「難得來到梅斯特利亞的最北邊。就算手搆不到，但要不要試著把我們的願望送到祈願星那邊呢？」

（好主意啊。）

結果最後去實現願望的還是自己，而不是星星吧。不過，作為再次確認自己在盼望什麼的方法，我認為向星星許願是有意義的行為。

無論那是多麼異想天開的心願。

願望和祈禱必須化為言語才行。

「如果星星會幫忙實現願望，豬先生會許什麼願呢？」

（我想要潔絲妹咩的內褲。）

我毫不猶豫地秒答。

「如果祈願星真的實現了那個願望，您打算怎麼辦呀……」

那樣又得重新收集七顆龍珠了呢。

「七顆龍珠……？」

（沒什麼，別在意我的內心獨白。）

這邊應該認真回答吧。

（託潔絲的福，這趟以北邊為目標的旅行非常快樂。好想再兩人一起旅行呢。希望這次是用確實存在的身體去旅行。沒有祕密，也沒有謊言。）

「嗯，我也一樣。」

潔絲像在作夢似的側臉十分美麗。

「我想再次跟豬先生一起旅行。不會被任何事物追趕的自由之旅。」

（一定可以的。）

感覺有一瞬間祈願星明亮地閃耀了一下。

不知從哪裡響起了低沉的鐘聲。接著傳來啪滋啪滋的聲響，周圍突然變明亮起來。我環顧周圍，只見有橘色的小煙火從家家戶戶升起。

「啊，豬先生，好像是新年嘍！」

潔絲的眼眸映照著煙火，閃閃發亮著。

我原本想說新年快樂，但忽然想到潔絲還在服喪。

（今年也請多指教啊。）

我的問候語讓潔絲笑咪咪地點了點頭。

「好的，今年也請您多多指教。」

諸位有跟清純金髮美少女在兩人獨處的狀況下跨年的經驗嗎？有在邁入新年的瞬間互相說今年也請多指教的經驗嗎？沒有？那還真是可憐！

潔絲呵呵地笑，稍微加快了腳步。

「修拉維斯先生他們會擔心的。差不多該回去了。」

（就這麼做吧。）

沿著道路旁的人家流瀉出一家團聚的聲音。但我不會再羡慕那種溫暖了。

我有潔絲在。

無論今後有怎樣的冒險在等著，都有互相發誓要陪伴在一起的人。

光是這樣，內心就微微地溫暖了起來。

為了等候日出，諾特一行人待在已經無人使用的磚造倉庫。我們也加入其中。預計在明天早上所有人一起前往盡頭島。

活著的人們圍著溫暖的魔法火焰，享受片刻的團聚時光。

就跟無法請潔絲幫忙把我的聲音轉播給其他人一樣，即使用魔法使的能力，我也無法聽見黑豬薩農跟山豬兼人的內心聲音。

所以大家傾聽著黑豬所說的話時，我也完全猜不到那究竟在說什麼話題。

「咦咦咦，並非我死心眼！豬先生真的存在！」

聽到潔絲的主張，我才總算察覺到那個話題是什麼。

慎重的薩農在懷疑我的靈魂的存在會不會是潔絲的妄想。

黑豬從鼻子發出呼齁呼齁的聲音，讓瑟蕾絲一臉為難地說道：

「咦，我的裸體……跟這無關吧……」

從周圍的反應來推測，看來這個蘿莉控臭豬仔似乎不想相信我在近距離看見了瑟蕾絲的裸體。

山豬說了些什麼，在場的成員都感到信服似的點了點頭。

潔絲也是其中之一。

「原來如此……只要我從豬先生那裡問出只有豬先生才可能知道的事情……這麼一來，大家就能相信豬先生的存在對吧。」

黑豬上前一步，似乎是打算出題。我知道了——瑟蕾絲這麼開口說道。瑟蕾絲的雙眼看向潔絲旁邊的空間，也就是我應當存在的場所。

「薩農先生有個問題要問**混帳處男**先生。」

她稍微停頓了一下。

「**還在那邊的世界時，混帳處男先生最後寫的故事標題是什麼呢？**」

黑豬的眼睛犀利地發亮。

我將在梅斯特利亞的嚄嚄大冒險紀錄下來，一點一滴地公開到網路上的小說。在同樣曾經轉移到梅斯特利亞的薩農發掘之後，成為我們第二次轉移契機的小說。

在這邊的世界，小說的標題確實是只有我、薩農跟兼人才可能知道的情報吧。

潔絲充滿確信的雙眼看向這邊。我堅定地回望著潔絲，說出了答案。潔絲的眉毛有一瞬間感到疑惑似的挑動起來。這也難怪。畢竟這個梅斯特利亞應該不存在這種奇怪標題的小說吧。

潔絲像在細細品味似的重複我的話語。

圍著火焰的所有人頭頂都浮現出問號。不過黑豬跟山豬的反應不同。是兩人的內心聲音傳遞出去了嗎？大家的問號逐漸消失。

這麼一來，就證明了我的存在。

證明靈術確實成功執行，有點不合時宜的通關密語。

潔絲只是說了這麼一句話——

「豬肝記得煮熟再吃。」

豬肝記得煮熟再吃

後記（第4次）

各位讀者好久不見，我是逆井卓馬。

光陰似箭，我用奇妙書名的小說以作家身分出道後，已經過了一年。寫小說至今仍是一件難事，我每集都是一邊噫噫喊、呼呼喘、嚄嚄叫，一邊在執筆。目前也能持續連載，都是多虧了各位讀者。再次致上十二萬分的感謝。真的非常謝謝各位。

那麼，機會難得（？），來談談我開始寫小說的原委吧。

那是在我大學一年級的冬天。我並沒有跟戀人商量聖誕節要怎麼過，應該說我根本沒有戀人。正當我為了日漸逼近的考試拚命埋頭苦讀時，高中時代的朋友邀我一起吃晚餐。久違的邀約讓我十分開心，在我決定露面的聚餐中，端上餐桌的居然是生豬肝肉——先不提這些玩笑話，我首次寫小說是小學時的事了。

當時來自英國的某長篇奇幻故事席捲了全球。全世界的人都在注目瘦弱的眼鏡少年的將來，我當然也是其中之一。

我原本就很喜歡看書，還記得自從迷上那個奇幻世界後，我便深陷於故事當中。

我認為所謂的小說，是現代中最強的ＶＲ。只要有埋頭閱讀的能力，光是翻頁便能跳入那個世界裡。我會好幾次反覆溫習喜歡的故事，埋頭閱讀到忘了時間。

因為太喜歡看書，我也曾經自己寫過。

我認為自己動手寫故事最大的好處，就是能體驗自己自由想像出來的世界。一旦拿筆開始寫故事，就停不下來。在自己編織出來的故事裡頭，只要合乎邏輯，可以說無所不能。也能在奇幻世界中一邊旅行，一邊被清純的完美美少女叫做豬。這種魅力讓我著魔，我每天都埋頭寫著小說，就這樣度過了完全沒有異性緣的國高中生時代。

然後在大學一年級的冬天——這件事可以不用再提了呢。

像這樣閒聊以前的事情，讓我發現到「小說」與「旅行」在自己內心的類似點。其實我也很喜歡旅行。

接下來請讓我說些關於「旅行」的事情。

旅行就跟閱讀小說一樣，是脫離日常，跳入不同世界的行為。我們會為了體驗在一如往常的日常生活中無法做到的事情而出外旅行。

當然，好像也會有一些例外，像是以什麼為目標在前進的狀況，或者目的是跟美少女打情罵俏的狀況等……

儘管如此，所謂的旅行果然還是洋溢著非日常和異文化的魅力。在旅行地點接觸到自己不曾看過的事物、自己以前不曉得的事物時，不覺得會有些期待雀躍嗎？

只是試著稍微拓展視野，只是試著稍微停下腳步，旅行就能成為解謎遊戲。即使是非常微不足道的謎題，倘若仔細去思考，說不定也可以連結到那片土地、那個文化特有的真相。以前學過的知識，還有在旅途中的所見所聞就是提示。扮演偵探的是正在旅行的你本身。感覺很好玩不是嗎？

縱然身旁沒有好奇心旺盛的美少女，像這樣一邊尋找謎題一邊旅行，應該也很有意思才對。感興趣的讀者就當作被騙，請務必嘗試看看。

在不斷分裂的這個時代中，對那種不知道的事情感興趣且試圖去理解的想像力，我認為其實應該挺有用的吧。

不小心就扯多了。總之，我打從心底盼望可以恢復成各位讀者（還有我）能放心地自由旅行的世界。很難出外旅行的時候，透過看小說或寫小說來體驗旅行的感覺，或許也不錯呢！

順帶一提，我目前生活的青森有很多美好的事物。像是酸到讓人難以置信的溫泉，或是又大又紅的蘋果之類的……

正在考慮要去哪裡旅行的人，請務必造訪青森！豬肉也挺好吃的。

那麼，潔絲妹咩跟豬先生的冒險看來似乎會再持續一下子。我想應該會風波不斷，但我相信直到最後，不管怎麼說都會變成一段快樂的故事。

希望各位讀者今後也能繼續守護兩人的旅途！

二〇二一年四月　逆井卓馬

一點都不想相親的我設下高門檻條件，結果同班同學成了婚約對象!? 1 待續

Kadokawa Fantastic Novels

作者：櫻木櫻　插畫：clear

從假婚約開始的純真戀愛喜劇，
就此揭開序幕。

高瀨川由弦對逼他相親的祖父提出「若是金髮碧眼白皮膚的美少女就考慮看看」的高門檻要求，結果現身眼前的是同班同學雪城愛理沙？兩人基於各種考量訂下假「婚約」，並為了圓謊而共度許多甜蜜時光。此時家人卻說「想看你們親暱的照片」……！

NT$250/HK$83

聲優廣播的幕前幕後 1～2 待續

Kadokawa Fantastic Novels

作者：二月公　插畫：さばみぞれ

「妳們兩人就這樣上吧——！」
即使是聲優生涯最大的危機，依舊無法停下……！

「高中生廣播！」決定繼續播出！——才放心不久，便遭嚴謹實力派前輩聲優芽玖瑠強烈批判。但她其實在「幕後」也有祕密的一面……此外，不禮貌的視線和快門聲也追到夕陽與夜澄就讀的高中。對這樣的事態感到不耐煩的夕陽之母對兩人提出超難題——？

各 **NT$240~250/HK$80~83**

神童勇者的女僕都是漂亮大姊姊!? 1~4 待續

Kadokawa Fantastic Novels

作者：望公太　插畫：ぴょん吉

值得記念的第一屆
「挑選主人的服飾大賽」開始嘍！

席恩偶然獲得未知的聖劍，宅邸內卻因牌局和A書騷動，依舊鬧得不可開交。在女僕們「挑選最適合席恩的服飾大賽」結束後，一行人出發調查某個溫泉，並受託解決溫泉觀光地化面臨的問題，沒想到那裡竟是強悍魔獸的住處……令人會心一笑的第四彈！

各 NT$200/HK$67

轉生後的我成了英雄爸爸和精靈媽媽的女兒 1~5 待續

Kadokawa Fantastic Novels

作者：松浦　插畫：keepout

無論遇到什麼危機，
只要全家人在一起就沒問題——！

我叫艾倫，本是元素精靈，現在覺醒為掌管「死亡」的女神。話雖如此，我每天依舊過著利用前世（人類）的記憶，致力於領地的改革。王太子賈迪爾前來視察，索沃爾叔叔因此慌亂不已。而我也要盡全力應付他。畢竟，這關係到一項全新的大事業……！

各 NT$200/HK$67

戰翼的希格德莉法 Rusalka (上)(下)

Kadokawa **Fantastic** Novels

作者：長月達平　插畫：藤真拓哉

「——讓我聽聽，妳的一切。」
飛舞於死地的少女們交織成的空戰奇幻故事，開幕！

人類的生存受到不明的敵性存在威脅，最後希望乃是被神選上的少女「女武神」，包含才色兼備卻不知變通的軍人露莎卡。她在歐洲的最前線基地遇上開朗得不合常理卻擁有強大戰力的少女。和她相遇不僅影響露莎卡的命運，也影響了人類未來的走向……

各 **NT$240/HK$80**

繼母的拖油瓶是我的前女友 1~5 待續

Kadokawa Fantastic Novels

作者：紙城境介　插畫：たかやKi

純真無悔的單相思，
以及再次萌芽的初戀將會如何發展——？

自從結女在夏日祭典確定了自己的感情後，兩人變得更加在意彼此。而當暑假將近尾聲，照慣例泡在水斗房間的伊佐奈，不慎被結女母親撞見她與水斗的嬉鬧場面，在眾人眼中升級成了「現任女友」！然後，伊佐奈與水斗的傳聞，進一步傳遍新學期的高中……

各 NT$220~250/HK$73~83

刮掉鬍子的我與撿到的女高中生 Each Stories

Kadokawa Fantastic Novels

作者：しめさば　插畫：ぶーた

「沙優，話說妳果然很會做菜耶。」
「啊，是……是嗎？」

從荷包蛋的吃法，吉田和沙優窺見了彼此不認識的一面；要跟意中人去看電影，三島打扮起來也特別有勁；神田忽然邀吉田到遊樂園約會……這是蹺家ＪＫ與上班族吉田的溫馨生活，以及圍繞在兩人身邊的「她們」各於日常中寫下的一頁。

NT$220/HK$73

國家圖書館出版品預行編目資料

豬肝記得煮熟再吃/逆井卓馬作；一杞譯. -- 初版. --
臺北市：臺灣角川股份有限公司, 2022.04-
冊； 公分
譯自：豚のレバーは加熱しろ
ISBN 978-626-321-349-4(第4冊：平裝)

861.57 111001905

Kadokawa
Fantastic
Novels

豬肝記得煮熟再吃 第4次

（原著名：豚のレバーは加熱しろ（4回目））

2022年4月13日　初版第1刷發行

作　　者：逆井卓馬
插　　畫：遠坂あさぎ
譯　　者：一杞

發 行 人：岩崎剛人
總 編 輯：蔡佩芬
編　　輯：邱瓈萱
美術設計：莊捷寧
印　　務：李明修（主任）、張加恩（主任）、張凱棋

發 行 所：台灣角川股份有限公司
地　　址：104台北市中山區松江路223號3樓
電　　話：（02）2515-3000
傳　　真：（02）2515-0033
網　　址：www.kadokawa.com.tw
劃撥帳戶：台灣角川股份有限公司
劃撥帳號：19487412
法律顧問：有澤法律事務所
製　　版：尚騰印刷事業有限公司
ISBN：978-626-321-349-4